O trem e a cidade

Thomas Wolfe

O trem e a cidade

Tradução e prefácio
Marilene Felinto

ILUMI//URAS

Copyright © desta tradução e edição
Editora Iluminuras Ltda.

Títulos originais
"The Train and the City"; "The Sun and the Rain"; "Dark in the Forest, Strange as Time";
"The Bell Remembered"; "So This Is Man"; "The Four Lost Men"

Capa e projeto gráfico
Eder Cardoso / Iluminuras
sobre gravura *Night Shadows,* Edward Hopper, 1921 [modificada digitalmente]

Revisão
Beatrís Chaves
Monika Vibeskaia

Nos contos
"O trem e a cidade" e "Escuro na floresta, estranho como o tempo" colaborou
  Marcelo Macca

CIP-BRASIL. CATALOGAÇÃO NA PUBLICAÇÃO
SINDICATO NACIONAL DOS EDITORES DE LIVROS, RJ
W836t

    Wolfe, Thomas, 1900-1938
      O trem e a cidade / Thomas Wolfe ; tradução e prefácio Marilene Felinto. - [2. ed.] - São Paulo : Iluminuras, 2022.
    160 p.

    Tradução de: The train and the city ; The sun and the rain ; Dark in the forest, strange as time ; The bell remembered ; So this is man ; The four lost men

    ISBN 978-65-5519-144-8

    1. Contos americanos. I. Felinto, Marilene. II. Título.

22-75648   CDD: 813
                              CDU: 82-34(73)

Camila Donis Hartmann - Bibliotecária - CRB-7/6472

EDITORA ILUMINURAS LTDA.
Rua Inácio Pereira da Rocha, 389 - 05432-011 - São Paulo - SP - Brasil
Tel./ Fax: 55 11 3031-6161
iluminuras@iluminuras.com.br
www.iluminuras.com.br

Índice

Prefácio, 7
Marilene Felinto

O trem e a cidade, 15

O sol e a chuva, 59

Escuro na floresta, estranho como o tempo, 71

O sino relembrado, 93

Então isto é o homem, 119

Os quatros homens perdidos, 129

Prefácio

Marilene Felinto

Thomas Clayton Wolfe nasceu na cidade de Ashville, Carolina do Norte, Estados Unidos, em 3 de outubro de 1900. *Foi contemporâneo dos escritores Francis Scott Fitzgerald, William Faulkner e Ernest Hemingway; sua obra, como a deles, costuma ser incluída na categoria de "ficção que está em busca da realidade" ou que apresenta um caráter romântico em conflito com a realidade. Até mesmo um astrólogo quis mostrar certa vez que as semelhanças entre as obras de Wolfe, Fitzgerald (nascido em 24 de setembro, 1896) e Faulkner (nascido em 25 de setembro, 1897) devem ser vistas também como resultado de uma coincidência zodiacal. Eram os três do signo de Libra, tipo astrológico cuja natureza é construída sobre o equilíbrio de dois temperamentos opostos, o dom venusiano da juventude e o esgotamento saturnino da vida, que dá ao indivíduo uma tendência alternativa para a espontaneidade e a meditação, o abandono e o receio, a chamada e o recuo frente à vida.*

Quer riam ou não riam um do outro astrólogo e crítico literário, o fato é que a obra de Thomas Wolfe tem, além das particularidades formais comuns — que distinguem por si sós as grandes obras —, fatores de ordem biográfica contribuindo para abrir-lhe um lugar de especial singularidade na literatura de seu país e de sua época. Durante seus poucos 38 anos de vida (morreu em 1938, de uma pneumonia seguida de infecção cerebral), escreveu basicamente quatro romances, um ensaio e um livro de contos: Look Homeward, Angel *(1929);* Of Time And The River *(1935);* From Death To Morning *(1935 — contos);* The Story Of A Novel *(1936 — ensaio);* The Web And Rock *(1939);* You Can't Go Home Again *(1940).* Os dois últimos, publicados postumamente, foram resultado da leitura que Edward C. Aswell, último editor de Wolfe, fez do enorme manuscrito de mais de um milhão de palavras (equivalente a dez ou doze romances de extensão média) terminado pelo escritor no ano de sua morte. Também daí foi extraído o livro de contos The Hills Beyond, publicado em 1941.

Thomas Wolfe estudou em Harvard. Pretendia tornar-se dramaturgo e produziu algumas peças durante o período na universidade. Em 1923 mudou-se para Nova Iorque, onde passou a maior parte da vida, a não ser por algumas viagens à Europa, principalmente à França e Alemanha, que lhe inspiraram vários escritos. Não conseguindo tornar-se dramaturgo, começou a escrever romances. Atribui-se a essa experiência em dramaturgia o forte sentido cênico de sua narrativa literária. Seu romance Look Homeward, Angel recebeu adaptação teatral (bastante infiel à obra, de autoria da americana Ketti Frings), que foi encenada no Teatro Oficina, de São Paulo, em agosto de 1962, sob o título Todo anjo é terrível.

Se não deixou "inacabada" a obra de Wolfe — como erroneamente insistem alguns, alegando que ele não teve tempo para organizar sua capacidade criadora —, a morte precoce mitificou-a, cercou-a de falsos mistérios e mal-entendidos, a despeito do muito esclarecedor The Story Of A Novel, onde o escritor expõe seu processo de criação. O principal traço estilístico da obra de Thomas Wolfe é o que se costuma definir como a copiosidade de sua narrativa, caracterizada por uma aparente falta de forma, mas que logo se revela como o justo resultado de uma excepcional abundância lírica, decorrente da quase obsessiva insistência pela reiteração, pelo corte e pelo recorte que possa dar clareza cristalina ao que se quer dizer. O que mais interessava a Wolfe era, conforme conta Edward Aswell, saber "se seu texto era bom, honesto, direto e verdadeiro; se dizia o que ele queria que o texto dissesse; se seus leitores entenderiam o texto como pretendera; e se seriam tocados pelo texto a ponto de terminá-lo dizendo para si próprios: 'Sim, é desse modo que a vida é'. Ele não sabia o que mais podia ser exigido de um livro".

Numa carta para Scott Fitzgerald, Wolfe se refere a essa copiosidade de seu estilo, a sua despreocupação para com coisas como a "economia da linguagem", chamando a si próprio de um grande "inseridor" (putter-inner), assim como Balzac e Sterne, em comparação com o "extraidor" (taker-outer) de estilo flaubertiano. Assim, é no conteúdo aparentemente informe de sua narrativa que se encontra *a forma da mesma. Onde aparentemente houver tumulto e caos não há senão observação detalhada, toda-inclusiva, levada às últimas consequências linguísticas. Além de tudo, Thomas Wolfe é um escritor essencialmente norte-americano, tão impressionado com a imensidão continental de seu país — tema frequente em suas histórias — que é como se quisesse transportá-la para a estrutura do texto que escreve; como se o texto fosse também um veículo que o levasse, tal qual o trem pela ferrovia, a percorrer caminhos, a diminuir distâncias numa busca sem fronteiras pelos destinos da humanidade, objetivo maior do escritor. O próprio Fitzgerald escreveu certa vez que "os trechos mais valiosos em Tom são os mais líricos; ou melhor, aqueles momentos em que seu lirismo mais se combina com seu poder de observação". É o que se tem nesse trecho do conto "O trem e a cidade":*

"A luz era cor de âmbar nos vastos aposentos escuros, protegidos contra a luz nova, onde em grandes camas de nogueira mulheres magníficas estendiam com ardor sensual suas pernas exuberantes. A luz era castanho-dourada como os mercadores de café moído e as casas de nogueira onde eles moravam, castanho-dourada como os velhos prédios de tijolos encardidos pelo dinheiro e pelo cheiro de comércio, castanho-dourada como a manhã em grandes e reluzentes toras de mogno escuro, como a fresca douradura da cerveja, a casca do limão e o cheiro da essência de angustura. Depois, cor de bronze ao anoitecer nos teatros, reluzindo no calor e na solidez morena dos sopros bronzeados das *mulheres, em roldanas, cornucópias e cupidos dourados, no excitante, forte e suavemente acastanhado cheiro de gente; e nos grandes restaurantes a luz era dourado--clara, mas densa e cilíndrica como cálidas colunas de ônix, mármore colorido com suavidade e calidez, vinho envelhecido em garrafas escuras, redondas, embutidas no tempo, e grandes corpos de mulheres loiras e nuas em tetos forrados de rosas. Depois a luz era profusa e exuberante, castanho-dourada como as largas campinas no outono; relevando em dourado como os campos na ceifadura, vermelho-bronze, cercados por enormes e ferrugentos feixes de milho, dominados por imensos celeiros vermelhos e pela tenra e vinosa fragrância das maças."*

Assim compacta e sugestiva — como se ele escrevesse com os cinco sentidos inteiramente despertos, participando todos eles em igual medida de sua percepção poética do mundo — a prosa de Thomas Wolfe é por vezes aproximada da poesia também "caudal" de Walt Whitman.

Furioso com aqueles que chamavam de "autobiográfica" sua literatura, Wolfe respondia dizendo que "um escritor, como todo mundo, deve usar o que tem para usar. Não pode usar algo que ele não tenha". Discussão descabida nos dias de hoje, o fato é que autobiográfica é toda e qualquer literatura de ficção, em maior ou menor grau. No caso das histórias de Wolfe, essa característica é apenas mais evidente, e só vem confirmar seu estilo reiterativo de narrar: Eugene Gant, escritor, e George Webber, os protagonistas das histórias, são obviamente Thomas Wolfe; assim como seus pais, seus irmãos e irmãs, bem como sua cidade são elementos bastante reconhecíveis de sua matéria-prima ficcional. O trem e a cidade *é o segundo livro de Thomas Wolfe publicado no Brasil. O primeiro*, O menino perdido, *foi lançado em 1989, também pela Editora Iluminuras. São duas coletâneas de contos, embora nem sempre se possa dizer que Wolfe escreveu contos. Alguns desses chamados "contos" são na verdade trechos isolados, com sentido próprio, de seus longos romances.*

Em abril de 1923, aos 22 anos, Thomas Wolfe escreveu para sua mãe uma carta impressionante, expondo com a clareza que somente a convicção dá, a descoberta de que era um escritor, apesar de se referir ainda ao dramaturgo que imaginava que seria. Leia-se um trecho dessa carta, faça-se silêncio para ouvir, em momento raro, um verdadeiro escritor do prenúncio de si próprio:

"Sei disto agora: sou inevitável, acredito sinceramente. A única coisa que pode me deter agora é a insanidade, a doença ou a morte.

As peças que vou escrever podem não ser adequadas para os delicados ventres de velhas donzelas, doces jovenzinhas, ou para pastores Batistas, mas elas serão verdadeiras, honestas, corajosas, e o resto não importa. Se minha peça for encenada, quero que esteja preparada para execrações à minha cabeça. (...) Quero conhecer a vida e entendê-la e interpretá-la sem medo e

parcialidade. Este, eu sinto, é o trabalho de um homem, e merecedor da dignidade de um homem. Pois a vida não é feita do sentimentalismo açucarado, pegajoso e enjoativo de Edgar A. Guest; não é feita de otimismo desonesto. Nem sempre Deus está em Seu Céu, nem sempre tudo vai bem com o mundo. Não é tudo ruim, mas não é tudo bom; não é tudo feio, mas não é tudo bonito; é a vida, a vida — a única coisa que importa. É selvagem, cruel, boa, nobre, apaixonada, generosa, estúpida, feia, bonita, dolorosa, alegre — é tudo isso e mais —, e é tudo isso que quero conhecer: e POR DEUS que vou, nem que me crucifiquem por isso. Vou até o fim do mundo para encontrá-la, entendê-la. Vou conhecer este país, quando eu terminar, assim como conheço a palma de minha mão, e vou colocá-lo no papel e fazê-lo verdadeiro e bonito. (...)
Quando falo de beleza, não me refiro a um close-up de filme onde Susie e Johnny se encontram no final e se abraçam, e todas as senhoras voltam para casa mascando chiclete e pensando que seus maridos não são tão bons amantes quanto Valentino. Isso é barato e vulgar! Refiro-me a tudo que é belo, e nobre e verdadeiro. Não precisa ser doce, pode ser amargo; não tem que ser alegre, pode ser triste. (...)
E eu pretendo descarregar minha alma sobre as pessoas e expressá-la de todo. É isso que minha vida significa para mim: estou à mercê dessa coisa, e é fazer ou morrer. (...)

É por isso que acho que vou ser um artista. As coisas que realmente importam calaram no espírito e deixaram sua marca — às vezes um sorriso peculiar, às vezes a morte, às vezes o cheiro de dentes-de-leão na primavera... certa vez Amor. Irei a todos os lugares e verei tudo. Conhecerei todas as pessoas que puder. Pensarei todos os pensamentos, sentirei todas as emoções de que for capaz, e escreverei, escreverei, escreverei..."

O trem e a cidade

Naquele ano a primavera chegara como magia e como música e como canção. Um dia seu sopro estava no ar, um insistente presságio do espírito primaveril enchia os corações humanos com sua graça transformadora, descarregando seu inacreditável e súbito feitiço sobre ruas cinzentas, calçadas cinzentas e sobre cinzentas e anônimas torrentes do incalculável enxame humano. Chegou como música leve e longínqua, chegou com triunfo e um som de cantoria no ar, com alaudados e doces gritos de pássaros ao raiar do dia, e com a rápida passagem de um voo lá no alto; e um dia eis que ela estava sobre as ruas da cidade, num estranho e repentino grito de verde, sua afiada lâmina de alegria e dor inexprimíveis.

"Doce é o sopro d'aurora, seu doce raiar, a graça dos primeiros pássaros" — foi assim que a primavera chegou naquele ano, e imediatamente esta terra fatigada deitou fora sua castigada pele do inverno severo e estéril: a terra irrompeu para a vida em milhares de canoras harmonias de regozijo, de cores e luzes fascinantes e delicadas, alterando-se de forma tão curiosa e comovente quanto todos os inesperados e sutis humores do coração e do espírito do homem, descarregando sobre a alma dele o invisível mistério de sua presença, sua música de perturbação e desejo, suas setas de dor e alegria, suas milhares de desgraças e glórias evanescentes e impalpáveis, tão estranhamente mescladas a triunfo, canto, paixão, orgulho e tristeza, amor e morte.

Uma chama, um clarão, um brilho, uma mariposa de luz, um grito perdido ao longe, um triunfo e uma lembrança, uma canção, um peã e uma profecia, um momento perdido para sempre e uma palavra que nunca morreria, um jato de fogo, um momento de tendência para a paixão e o êxtase, uma transitoriedade de dias comoventes, uma tristeza e um arrependimento desenfreados e obsessivos, um tormento, um grito, um triunfo, um intolerável e inexprimível lamento pela beleza que deve morrer, pela sepultada poeira que estremecia ao passar de uma roda, por lábios e ossos enterrados, e pelos viveiros do coração onde brotava a videira, uma aguilhada de fome e desejo que enlouquecia o cérebro, retorcia a carne e despedaçava o coração em sua incomunicável e arrebatada paixão pelo êxtase e pela dor — foi assim que a primavera chegou naquele ano; em nenhum outro lugar da terra ela chegara com esplendor maior do que nas ruas e calçadas da cidade.

Nem todo o esplendor da imensa flora da terra poderia ter superado o esplendor das ruas da cidade naquela primavera.

Nem o grito de grandes campinas verdes, nem a canção das colinas, nem a glória de jovens bétulas rebentando para a vida ao longo das ribanceiras dos rios, nem o mar de florescências nos pomares vicejantes, os pessegueiros, as macieiras, as ameixeiras e cerejeiras, todo o canto e brilho da primavera, abril brotando da terra em milhões de gritos de triunfo, e a visível passada larga da primavera, seus pés em flor, que chegava à terra, poderiam ter superado o inexprimível e comovente esplendor de uma única árvore numa rua da cidade naquela primavera, a cantiga do pássaro a despertar para a vida de manhã.

Sobre o imenso e extraordinário acampamento da cidade estremeciam as potentes pulsações de um conjunto de esperança e alegria, uma música de triunfo e encantamento que repentinamente trançava toda a vida no tecido de suas harmonias exultantes. Abrandava a obscura e tosca estupefação das ruas, penetrava em um milhão de células, e tomava de surpresa milhares de atitudes e momentos da vida e dos negócios do homem; pairava no ar acima dele, lampejava e cintilava nas correntes de luz que cingiam a cidade, e com mão de feiticeira arrancava dos túmulos do inverno a pele cinzenta dos mortos vivos.

De repente a vida brotou de novo nas ruas que fervilhavam e lampejavam em milhões de pontos de cor e vida; e as mulheres, mais bonitas que as flores, mais cheias de sumo e suculência que as frutas, apareciam ali numa vívida corrente de amor e beleza. Seus olhos encantadores brilhavam numa ternura única; eram uma harmonia de sorrisos, lindos lábios de rosa rubra, uma pureza de leite e mel, uma singular composição de seios, quadris e coxas e cabelos esvoaçantes, um coro de beleza na exultante e triunfal harmonia da primavera.

No quintal da velha casa de tijolos em que morei naquele ano, um daqueles velhos quintais com cerca numa casa nova-iorquina, um lote insignificante no quadriculado de um quarteirão, surgia da terra velha e cansada uma faixa de grama suave, e uma única árvore de verde claro e penetrante crescia ali.

Naquela primavera, dia a dia eu observava o ligeiro desabrochar daquela árvore em seu glorioso momento de folhagem nova; até que um dia olhei para o interior de sua repentina e mágica verdura, e vi tremeluzirem raios que entravam e saíam, as cores que escureciam, alteravam-se, mudavam a olhos vistos a cada sutil alteração de luz, cada delicado e impalpável sopro de brisa, tão real, tão vívido, tão intenso que criava magia e mistério evocando todo o comovente sonho do tempo e de nossa vida sobre a terra; de repente a árvore era coerente com meu destino, e minha vida ganhava unidade em toda a sua concisão desde o nascimento até a morte.

E sempre que isso acontecia, que eu trabalhava cheio de esperança, de triunfo e de energia, e olhava novamente para o interior daquela árvore verde, não conseguia conter a alegria e a ânsia que sentia: precipitavam-se para fora de sua morada de sangue e ossos como uma torrente d'água irrompendo contra uma barragem, e tudo na terra revivia mais uma vez.

Eu interrompia um frenético ritmo de trabalho, cansado mas com uma enorme alegria pulsando dentro de mim, e de repente via de novo aquela árvore de verde mágico. Via o sol poente tingido por cores nem fortes nem ardentes, lançando um brilho fraco e sobrenatural sobre o velho tijolo vermelho dos prédios cor de ferrugem; e subitamente toda a terra começava a viver com singular intensidade, em todo o seu mosaico de cor, odor, calor e movimento. Num instante ela estava vivendo numa notável e exultante harmonia de vida e alegria.

Eu olhava pela janela do quintal dos fundos, via a árvore e chamava as atendentes do hospital vizinho, que estavam como sempre passando a ferro suas ceroulas e combinações, em seus quartos miseráveis; observava um gato caminhando pelas pontas da cerca; via algumas mulheres bonitas ou algumas garotas tomando ar e lendo, confortavelmente refesteladas em grandes cadeiras de jardim; ouvia todos os gritos e barulhos de crianças nas ruas, as vozes das pessoas nas casas; observava as sombras íngremes e serenas, e como a luz do escurecer movia-se pelo quadriculado dos jardins, tendo cada um algo de íntimo, familiar e revelador — um canteiro de flores onde uma mulher trabalhava zelosamente por muitas horas, usando um chapéu de palha e luvas de lona; uma pequena faixa de grama solenemente aguada todas as noites por um homem calvo, de rosto quadrado e vermelho; um pequeno galpão ou casa de jogos ou oficina onde algum homem de negócios praticava seu *hobby* nas horas livres; ou uma mesa pintada em cor suave, algumas espreguiçadeiras confortáveis, um enorme guarda-sol de listras brilhantes a cobri-la, e uma bela garota sentada lá, lendo, um grande copo de bebida a seu lado.

Tudo revivia instantaneamente. A velha casa onde eu morava — suas paredes de tijolo vermelho, seus cômodos de altura e espaço nobre, seu velho madeirame e assoalho que rangiam — parecia viver na plenitude de todos os seus noventa anos, ser enriquecida e presenteada com um grande e estimulante silêncio, uma profunda, calma e solitária dignidade por parte de todos os viventes que ela um dia abrigara. A casa era como uma presença viva para mim, e minha percepção de todas essas criaturas desaparecidas cresceria tanto que eu parecia viver entre elas, como filho e irmão delas, através delas resgatando um passado vivo e intacto, tão real quanto toda a vida que passava por mim.

Meus livros inclinavam-se para a direita e para a esquerda nas prateleiras, como se alguma poderosa energia interna os impelisse daquele jeito; outros tinham caído no chão, estavam amontoados em pilhas instáveis sobre a mesa, ou atirados e arrastados num círculo dinâmico em volta de minha cama de armar, ou espalhados por todo canto do quarto, a ponto de parecerem literalmente se mexer e respirar, sair andando de suas prateleiras e se movimentar pelo lugar, mesmo que uma hora antes eu os tivesse arrumado.

A casa, os tijolos, as paredes, os cômodos, o velho e gasto madeirame, as cadeiras, as mesas, até mesmo o jeito como uma toalha de banho meio úmida estava dependurada no porta-toalhas sobre a banheira, o jeito como um casaco estava jogado sobre uma cadeira, e finalmente o movimento desordenado mas orgânico e a confusão de meus papéis, manuscritos e livros — tudo parecia ter uma animada vitalidade própria, e se lançar instantaneamente num traçado vistoso e arrojado. Mas então tudo parecia bom e maravilhoso para mim! Eu adorava a velha casa em que morava e os dois cômodos desarrumados; e de repente tinha a impressão de conhecer tudo sobre a vida das pessoas a minha volta. Além disso, através da brisa delicada, vivificante e aromática, sentia o cheiro do mar, o cheiro fresco e meio pútrido do rio, que chegavam até mim numa urgente e intolerável evocação do porto, do trânsito de seus navios possantes.

E esse cheiro, com sua exultante e inefável promessa de viagens, misturava-se aos odores da terra e da cidade. Misturava-se ao cheiro do solo, à fragrância da folha e da flor, às intensas exalações de piche da rua. Misturava-se à grande mancha da atmosfera da cidade, aos milhares de cheiros de vida e de negócios, que tornavam tudo palpável, excitante e sensual na existência, não apenas a imensa torrente de vida que passava eternamente pela rua, mas também calçadas cinzentas, velhos tijolos vermelhos, metal enferrujado, velhas casas e grandes torres chispando no ar.

Imediatamente despertava dentro de mim um insustentável desejo de sair para as ruas. Eu sentia — e era um sentimento de ansiedade, dor e alegria intensas — estar perdendo algo de raro e belo se ficasse em meu quarto, estar permitindo que me escapasse alguma extraordinária felicidade e ventura. Parecia-me que algum enorme prazer, algum acontecimento auspicioso e magnífico — alguma realização de honra, de riqueza ou de amor — estava à minha espera em todos os lugares da cidade. Eu não sabia onde devia ir para encontrá-lo, em qual das milhares de esquinas da cidade aquilo viria a meu encontro; mesmo assim sabia que estava lá, e não tinha nenhuma dúvida de que iria encontrá-lo e capturá-lo, de que iria alcançar a maior felicidade e força que qualquer homem já conhecera. Todo jovem da terra já sentiu isso.

E toda criança também sentiu, pois quando eu era menino, na grande flora da terra não havia lugares desertos ou infecundos; havia apenas a rica tapeçaria de um imenso e infinitamente fértil território para sempre lírico como abril, e para sempre pronto para a colheita tocada pela feitiçaria do verde mágico, para sempre banhada por uma luz dourada cheia de matizes. E no fim, sempre no fim da terra lendária, firmava-se a imagem dourada da cidade, ela própria mais fértil, rica, e mais cheia de alegria e generosidade do que a terra sobre a qual repousava. Lá longe e reluzente, ela ascendia em minha visão, erguendo-se de uma névoa opalescente, elevada e sustentada com tanta leveza quanto uma nuvem, mesmo assim firme e sublime em seu clarão amarelo-ouro. Era uma visão clara, dourada, serena, talhada a partir de profundas substâncias de luz e sombra, e exultante em sua profecia de glória, amor e triunfo.

Eu ouvia ao longe o burburinho profundo e fervilhante de sua vida milípede, e todo o mistério da terra e do tempo estava naquele ruído. Eu via suas milhares de ruas povoadas de uma vida infinitamente variada, vistosa e bela. A cidade cintilava diante de mim como uma joia magnífica, reluzindo nas milhares de preciosas e esplêndidas facetas de uma vida tão boa, tão generosa, tão estranha e constantemente bela e interessante que me parecia insuportável perder um único momento dela. Eu via as ruas formigando de homens notáveis e mulheres magníficas, e caminhava entre eles como um vendedor, ganhando exultante e aguerrido, por meu talento, minha coragem, meu mérito, os maiores tributos que a cidade tinha para oferecer, o mais alto prêmio de poder, riqueza e fama, e o grande emolumento de amor. Haveria os velhacos, sim, tão ameaçadores e sinistros como o inferno, mas eu os derrubaria com um golpe, e os faria rastejar de volta a suas tocas; haveria homens heroicos e mulheres maravilhosas, e eu venceria e ganharia um lugar entre a gente mais sublime e afortunada desta terra.

Assim, com a vista matizada por todas as cores mágicas e estranhas daquela época — época que depois pareceu, de certo modo, encontrar seus mais profundos significado e realização nos algoritmos "1908" —, assim eu caminhava pelas ruas de minha grande cidade lendária. As vezes sentava-me entre os mestres da terra, em salas de rija opulência: madeira escura, pesados artigos de couro, marrom denso e sólido à minha volta. Outras vezes andava por grandes alcovas da noite, suntuosas na calidez do mármore e na imponência das grandes escadarias, e sustentadas por grandes colunas de ônix, macias e fundas em seus tapetes carmesim, onde o pé afundava num passo silencioso. E por esse aposento cheio de uma música acolhedora e ritmada, do penetrante e harmonioso ranger de violinos, andavam uma centena de mulheres belas, e todas eram minhas, se eu as quisesse, e a mais encantadora de todas elas era minha. De pernas alongadas e esguias, embora robustas e fortes de corpo, elas caminhavam em movimento harmonioso, um olhar direto e orgulhoso nos rostos frágeis e límpidos, portando majestosamente os ombros sensuais, e os olhos claros e rasos carregados de amor e ternura. Uma insistente luz dourada incidia sobre elas e sobre todo o meu amor; mas eu também andava pelo escarpado desfiladeiro de certas ruas, azuis e frias na vertiginosa fachada do dinheiro e dos grandes negócios, marrons e saturadas de certo modo, com seu abafado e exuberante aroma de café, o cheiro bom e verde do dinheiro, e o odor fresco e meio pútrido do porto e seu fluxo de navios.

Era esta minha imagem da cidade — infantil, sensual e erótica, mas ébria de inocência e entusiasmo, e que se tornava estranha e maravilhosa sob o mágico lume dourado, verde e marrom escuro através do qual eu a via, e que ganhava uma qualidade e um tom estranhos e tremeluzentes, que era indefinível mas inconfundível, de modo que eu jamais conseguiria esquecê-la depois; mesmo assim estranha, tão impalpável e encantada que pareceria, mais tarde, ter vindo de uma outra vida, de um outro mundo.

E, mais do que qualquer coisa, era a luz — ah, acima de tudo era a luz, a luz, o tom, a textura da luz mágica através da qual eu via aquela cidade e a terra, que as tornava maravilhosas. A luz era dourada, penetrante e cheia de todo o resplendor florescente e fértil da colheita; a luz era cor de bronze como o corpo das mulheres, exuberante como suas pernas e genuína, límpida, terna como os encantadores olhos delas; tão vertiginoso e enlouquecedor o tempo como os cabelos delas, tão cheio de desejo inexprimível como suas camas perfumadas de especiarias, seus peitos polidos como melões. A luz era dourada como uma matutina luz dourada refletindo através de uma antiga vidraça numa sala de marrom escuro e envelhecido. A luz era marrom, um marrom escuro e exuberante, matizado por raios de denso dourado, como o abafado e exuberante aroma de café moído; a luz era de um marrom escuro como o de velhas casas de pedra engolidas pela manhã numa rua da cidade, marrom como os exuberantes aromas do desjejum vindos dos subsolos das casas de arenito pardo, onde morava a gente rica; a luz era azul, azul vertiginoso e frontal como a manhã oculta nos paredões das fachadas dos prédios; a luz era de um azul frio e vertical, turvado por uma fina névoa matutina; a luz era azul, o azul do porto flutuando em águas límpidas e serenas, fulgurantemente raiado pelo azul escuro da ravina e do desfiladeiro matinal da cidade; azul-escuro e cheio da serena sombra do alvorecer como a balsa abarrotada de milhares de pequenos rostos brancos e perplexos, voltados para uma direção, virados bruscamente para os embarcadouros enferrujados e carcomidos.

 A luz era cor de âmbar nos vastos aposentos escuros protegidos contra a luz nova, onde em grandes camas de nogueira mulheres magníficas estendiam com ardor sensual suas pernas exuberantes. A luz era castanho-dourada como os mercadores de café moído e as casas de nogueira onde eles moravam, castanho-dourada como os velhos prédios de tijolos encardidos pelo dinheiro e pelo cheiro de comércio, castanho-dourada como a manhã em grandes e reluzentes toras de mogno escuro, como a fresca douradura da cerveja, a casca do limão e o cheiro da essência de angustura. Depois, cor de bronze ao anoitecer nos teatros, reluzindo no calor e na solidez morena dos corpos bronzeados das mulheres, em roldanas, cornucópias e cupidos dourados, no excitante, forte e suavemente acastanhado cheiro de gente; e nos grandes restaurantes a luz era dourado-clara, mas densa e cilíndrica como cálidas colunas de ônix, mármore colorido com suavidade e calidez, vinho envelhecido em garrafas escuras, redondas, embutidas no tempo, e grandes corpos de mulheres loiras e nuas em tetos forrados de rosas. Depois a luz era profusa e exuberante, castanho-dourada como as largas campinas no outono; relevando em dourado como os campos na ceifadura, vermelho-bronze, cercados por enormes e ferrugentos feixes de milho, dominados por imensos celeiros vermelhos e pela tenra e vinosa fragrância das maçãs.

Era essa a tonalidade e a textura das luzes que marcavam minha visão da cidade e da terra.

Mas aquela visão infantil da cidade foi montada a partir de milhares de fontes isoladas, das páginas de livros, das palavras de um viajante, de uma foto da ponte com sua grande curva em formato de asa, a cantilena e a música de seus cabos, até mesmo as pequenas figuras dos homens de chapéu-coco que atravessavam por ela apressados — isso e mil outras coisas compunham a imagem da cidade em minha cabeça, até que ela me possuiu e de certo modo penetrou poderosa, exultante e inerradicável em tudo o que eu fazia, pensava ou sentia.

Aquela imagem da cidade resplandecia não apenas por conta das figuras e objetos que literalmente a evocavam — como a fotografia da ponte; misturava-se então obscura e poderosamente a toda a minha visão da terra, à química e ao pulsar do meu sangue, a um milhão de coisas com as quais não tinha qualquer relação aparente. Surgia na risada de uma mulher na rua, de noite, nos sons de música, no tênue dedilhar de uma valsa, no gutural subir e descer do violino baixo; e estava no cheiro de grama nova em abril, em gritos parcialmente escutados e partidos pelo vento, no cochilo abafado e na lengalenga letárgica da tarde de domingo. Aparecia em todos os cheiros e ruídos do festival, no cheiro de confete, gasolina, na gritaria alta e efusiva das pessoas, na vertiginosa música do carrossel, nos gritos agudos e nas vozes estridentes dos camelôs; e estava também nos sons e cheiros do circo — no rugido e no mau cheiro dos leões, tigres, elefantes, e no cheiro amarelo-castanho do camelo; e de alguma forma estava nas frias noites de outono, e em todos os gélidos, agudos e nítidos sons do Dia das Bruxas; e era intolerável como aparecia para mim de noite, no tênue lamento do apito de um trem que partia lá longe, no melancólico dobre de seu sino, no baque das grandes rodas sobre os trilhos. Surgia também da paisagem de longas fileiras de vagões cargueiros enferrujados na via férrea, e da visão de trilhos maciços, reluzentes e exultantes como sua música de velocidade e amplidão, enquanto avançavam caminho afora e se perdiam de vista.

Em coisas assim, e inúmeras outras como elas, a visão da cidade avivava-se de certo modo e me apunhalava como uma faca; e grande parte dela surgia da imagem de um daqueles velhos automóveis de acolhedora suntuosidade e redolência, de forte e abafado cheiro de borracha, óleo e gasolina, de velha madeira suave, de couro exuberante e forte.

E de certa forma o caminhão de entregas de uma padaria, uma verdadeira lata velha de tão acabado — que arrancava e resfolegava todo dia perto da casa de minha mãe, um pouco antes das três horas —, o caminhão era capaz, como nada mais seria, de evocar essas poderosas emoções de peregrino, e a imagem da cidade como eu achava que ela devia ser. O cheiro penetrante e abafado da velha máquina, os odores tão semelhantes e fortes de borracha gasta e quente, gasolina e couro, tocavam minha sensibilidade com um estímulo poderoso e indescritível, cujo significado eu não podia definir, mas que trazia em si, em certa medida, o júbilo de um voo, a viagem, e mérito; e além desses cheiros da máquina, havia o alucinante aroma de pão que acabara de assar, de pãezinhos doces e tortas frescas, de rocamboles novos e torrados.

Era essa a imagem que eu tinha da cidade quando era criança e antes de jamais ter visto a cidade; e então, naquela primavera, a imagem era novamente a mesma.

Eu saía correndo para as ruas ao anoitecer, como um amante indo ao encontro de sua amada. Atirava-me no meio das tremendas multidões de gente que voltava do trabalho em enxames incalculáveis, inacreditáveis — cinco milhões de abelhas zumbindo num ruído e num movimento furiosos, em mil colmeias pairando no ar. E ao invés da velha confusão, da preocupação, do desespero e da desolação do espírito, ao invés da velha e terrível sensação de estar me afogando, me asfixiando no inextrincável enxame humano, eu não experimentava senão alegria exultante e força.

A cidade parecia esculpida numa única rocha, talhada conforme um único modelo, movendo-se eternamente para uma única harmonia, uma energia central e devorada — de modo que não somente calçadas, prédios, túneis, ruas, carros e pontes, toda a enorme estrutura que se erguia sobre seu seio de pedra pareciam feitos de uma única substância essencial; mas também as fervilhantes torrentes de gente em suas calçadas compunham-se e eram feitas de sua energia única, movendo-se conforme seu ritmo ou repouso unos.

Eu andava entre as pessoas como um nadador que se deixa levar pela correnteza; sentia o peso delas sobre meus ombros, como se eu as carregasse; sentia intensos e palpáveis o calor e o movimento de suas vidas sobre as calçadas, como se fosse eu a pedra sobre a qual elas caminhavam.

Eu parecia ter encontrado a fonte, o manancial de onde brotava o movimento da cidade, de onde todas as coisas procediam — e, ao encontrá-lo, meu coração explodiu num grito de triunfo, e era como se eu possuísse tudo aquilo.

E o que fiz eu? Como vivi? O que experimentei, possuí, tornei meu em abril, em fins de abril daquele ano? Tive tudo e nada! Possuí a terra; comi e bebi da cidade até a última gota; e não deixei sequer um único rastro em suas calçadas pedregosas.

E do mesmo modo que essa extraordinária fuga composta de desejo e realização, de ânsia ardente e satisfação grandiosa de tudo ter e nada possuir, de encontrar todo o esplendor, todo o calor e movimento da cidade num pequeno instante de minha visão, e de estar enlouquecido de desejo por não poder estar em todos os lugares ao mesmo tempo e ver tudo — exatamente do mesmo modo como esses grandes antagonistas, que eram a terra e a eterna peregrinação, debatiam-se furiosamente dentro de mim o tempo todo, num conflito de forças selvagens que rivalizavam constantemente entre si e eram, ainda assim, convergentes para uma unidade central, uma única força, desse mesmo modo a cidade parecia então ligar-se à terra em que repousava; e tudo na terra parecia alimentar a cidade.

Portanto, a qualquer momento nas ruas da cidade eu podia sentir um irresistível desejo de sair correndo e ir embora, simplesmente pela alegria que eu experimentava por estar lá. E quando me encontrava longe dela, sentia a todo momento a mesma vontade de voltar, para ver se a cidade ainda estava ali, e se ainda seria inacreditável encontrá-la mais uma vez reluzindo em minha visão, em toda a sua realidade fabulosa, sua eterna unidade de fixidez e movimento, sua estranha e mágica luz dos tempos.

Algumas vezes naquela primavera deixei a cidade e viajei, pela simples felicidade que sentiria ao voltar. Eu ia para o campo e voltava no fim do dia; ou então, no fim de semana, quando não tinha que dar aulas na universidade em que estava empregado como instrutor, ia para outros lugares onde conhecia pessoas ou onde já tinha morado.

Ia para Baltimore, Washington, Virgínia, Nova Inglaterra ou para uma cidade do interior, perto de Gettysburg, na Pensilvânia, onde moravam os parentes de meu pai.

Certo sábado, num daqueles impulsos instantâneos e irresistíveis, fui para a estação e entrei num trem que ia rumo ao sul, para o estado onde nasci. Essa viagem nunca foi concluída; desci do trem naquela noite, numa estação da Virgínia, peguei outro trem rumo ao norte, e estava de volta à cidade na tarde seguinte. Mas no trem para o sul ocorreu um incidente que não pude esquecer, e que se tornou parte da lembrança que formei sobre a cidade, tanto quanto tudo o que vi naquele ano.

Foi o seguinte: naquela tarde, por volta das três horas, enquanto o trem marchava para o sul atravessando Nova Jersey, um outro trem na linha interna começou a apostar corrida com o nosso; e por uma distância de quase vinte quilômetros as duas máquinas ribombaram pelos trilhos, numa acirrada, emocionante e terrível disputa de aço e fumaça e rodas pistonadas que a tudo borravam, para qualquer um que estivesse vendo aquilo — borravam a visão da terra, a ideia da viagem, a lembrança da cidade.

O outro trem, que ia para a Filadélfia, surgiu tão calma e naturalmente que de início ninguém desconfiou que havia uma corrida em curso. Apareceu martelando lentamente, o enorme focinho preto oscilando e dando solavancos num movimento desajeitado enquanto avançava, os pistons reluzentes vibrando livres e soltos sob pequenas e intermitentes rajadas de fumaça que saíam de sua chaminé curta. Apareceu tão lenta e naturalmente, a passar por nossas janelas, que no começo foi difícil compreender a que extraordinária velocidade o trem estava correndo; até que a pessoa olhava pela janela para o outro lado e via a terra plana, informe e descaracterizada de Nova Jersey passar aos açoites, como estacas de uma cerca.

O outro trem veio avançando devagar, naquele ruidoso compasso da locomotiva aterradora, devorando caminho ao passar por nossas janelas; até que a cabine do maquinista emparelhou com meu vagão e pude espiar por uma brecha de cerca de um metro e ver o sujeito. Era um homem jovem, muito asseado numa jaqueta de listras azuis, e usando óculos de proteção. Era corado, e seu rosto forte e agradável, que trazia a marca da coragem, da dignidade e do profundo conhecimento prático que aqueles homens possuíam, estava aberto num largo sorriso determinado e generoso, enquanto ele se apoiava no peitoril, uma mão enluvada segurando firme a válvula reguladora, toda a sua energia e percepção fixada nos trilhos, numa concentração focalizada. Atrás dele o foguista, equilibrado no chão que sacolejava, o rosto preto e sorridente, os olhos arregalados como um demônio, e iluminado pelas ferozes labaredas de sua fornalha, atirava carvão com a pá, com toda a sua força. Entretanto o trem foi avançando, avançando, devorando seu caminho metro após metro, até que a cabine do maquinista desapareceu de vista, e os primeiros vagões da segunda classe aproximaram-se.

Então aconteceu uma coisa maravilhosa. Quando os pesados vagões vermelho-ferrugem do outro trem surgiram e começaram a passar por nós, os passageiros de ambos os trens perceberam de repente que eles estavam apostando uma corrida. Uma enorme excitação tomou conta de todos, imprimindo sua mágica instantânea em todos aqueles viajantes com seus chapéus cinza, seus rostos urbanos, fatigados e cinzentos, seus olhos baços e cansados, que apenas um minuto antes estavam tediosa e enfadonhamente fixados nas páginas de um jornal; como se, por tantas vezes atirada ali de qualquer jeito sob o firmamento ermo, a desolada superfície da terra há muito tempo já lhes fosse familiar, e eles já não olhassem mais pelas janelas.

Mas então os rostos que estavam cinzentos e inertes tornaram-se cheios de vida e cor, os olhos baços e cansados tinham começado a brilhar de alegria e interesse. Os passageiros dos dois trens amontoaram-se nas janelas, rindo de prazer e júbilo como crianças.

Entrementes nosso trem, que durante algum tempo manteve-se emparelhado com o adversário, começou a ficar para trás. O outro pôs-se a passar correndo por nossas janelas, aumentando a velocidade; quando isso aconteceu, a alegria e o triunfo de seus passageiros era algo de quase inacreditável. Enquanto que, de nosso lado, os rostos tornaram-se hostis e virulentos com aquela derrota. Xingamos, resmungamos, raivosos fechamos a cara para eles, e nos voltamos com aparente indiferença, como se não tivéssemos mais interesse na coisa; mas foi somente para voltarmos com olhares fascinados e rancorosos quando as malditas janelas deles passaram por nós com a fatalidade da morte e do destino.

Enquanto isso, as tripulações dos dois trens tinham demonstrado o mesmo interesse entusiástico e apaixonado, a mesma intensa rivalidade que os passageiros. Os cobradores e cabineiros agrupavam-se nas janelas, ou contra as portas nas extremidades dos vagões; eles riam e zombavam exatamente como todos nós fazíamos, embora o interesse deles fosse mais profissional, o conhecimento mais profundo e preciso. O cobrador perguntava ao cabineiro:
— De quem é aquele trem? Você viu John McIntyre a bordo?
E o negro[1] respondia, categoricamente:
— Não, patrão! Aquele não é o capitão McIntyre. É o gagá do Rigsby. Olha ele lá! — gritava, enquanto outro vagão passava, deixando entrever a cara grisalha e risonha de um velho cobrador.

Então o cobrador afastava-se, balançando a cabeça, e o negro[2] resmungava e ria sozinho, sucessivamente. Era um crioulo[3] gordo e enorme, a pele de preto tinto, um traseiro imenso e largo, dentes arreganhados num branco sólido, e uma grande protuberância gordurosa atrás do pescoço roliço. Quando ria, ele balançava feito geleia. Há anos eu o conhecia, pois ele era da minha cidade; e o vagão pullman em que eu viajava, que era conhecido como K19, era o carro que sempre fazia a viagem de mil quilômetros entre meu município natal e a cidade. Agora o negro[4] estava esparramado

---

[1] "Negro" no original, termo ofensivo e antiquado no inglês, que era usado para se referir a alguém com pele escura, de origem africana ou cujos antepassados vieram da África.
[2] *Ibdem* nota 1.
[3] Tradução de "Darkey", uma gíria ofensiva para designar uma pessoa negra.
[4] *Ibdem* nota 1.

sobre o estofo verde do último banco do pullman, e ria e resmungava para seus companheiros no outro trem.
— Tudo bem, meu chapa. Tudo bem, seu crioulo[5] papa-léguas! — ele rosnava para um mulato[6] risonho no outro trem. — Uh! Uh! — grunhia, irônico. — Você nem percebe que é um molenga! Tá empurrando esse trem sozinho, oh trouxa! — Ele ria, sarcástico; e depois concluía, impaciente e brusco: — Vai em frente, meu chapa! Vai! Eu te pego! Tô pouco ligando se eu te perder! Vai embora, crioulo[7]! Vai! Tira essa cara amarela e lambida da minha frente!
E o rosto risonho e escarninho também prosseguia e desaparecia, até que todo o trem tinha passado por nós e sumido. Nosso cabineiro ficava sentado lá, olhando pela janela, dando risadinhas e balançando a cabeça de vez em quando, enquanto dizia para si mesmo, num tom de reprovação e descrença:
— Eles não *tem* esse direito de fazer isso! Não *tem* esse direito de passar correndo pela gente, como se a gente nem estivesse aqui. — Ele ria. — Aquilo não é nada, não passa de um parador mixo e enferrujado! E eles não *tem* que recuperar o tempo perdido como a gente! A gente é que é o especial. O da linha de fora! — gabava-se, mas logo dizia, balançando a cabeça: — Mas meu Deus, meu Deus! Isso não tá adiantando de nada hoje. Eles *fica* passando bem na nossa cara! Nós nunca *vai* pegar eles agora! — concluía, pesaroso, e parecia estar certo.

[5] Tradução de "niggah", uma maneira de dizer ou escrever "nigger", palavra extremamente ofensiva usada para designar uma pessoa negra.
[6] *Ibdem* nota 3.
[7] *Ibdem* nota 5.

Nosso trem corria agora desimpedido e em campo aberto, e os passageiros, finalmente conformados com a derrota, tinham se acomodado outra vez em seus assentos e voltado à anterior apatia sonolenta. Mas de repente o trem pareceu arrancar e pular sob nossos pés com intensa energia, a velocidade aumentando visivelmente; a terra começou a passar num movimento cada vez mais rápido, os passageiros olharam-se com uma interrogação nos olhos e com vivo interesse.

E agora a sorte estava do nosso lado, nosso trem atravessava o campo numa velocidade extraordinária, e num instante começamos a alcançar de novo o trem rival. E então, do mesmo jeito que a outra composição tinha passado velozmente por nós, começamos a percorrer suas janelas na marcha calma e imperiosa de nossa máquina desperta e insuperável. Mas onde, anteriormente, os passageiros de ambos os trens tinham zombado e escarnecido uns dos outros, agora sorriam silentes e afáveis, com interesse cordial, quase afetuoso. Pois parecia que eles — as pessoas do outro comboio — agora sentiam que seu trem tinha dado o melhor de si, numa demonstração de coragem diante de seu concorrente poderoso e ilustre, e que agora se conformavam, satisfeitos, em deixar que o expresso os ultrapassasse.

E agora nós passávamos pelas janelas do vagão-restaurante: podíamos ver os garçons sorridentes, de paletós brancos, as mesas cobertas com seu branco níveo e sua prataria pesada e reluzente; e as pessoas comendo, sorrindo e olhando em nossa direção de maneira amável enquanto comiam. Em seguida emparelhamos com os enormes vagões-salões:

uma garota encantadora, de cabelo loiro, vestido de seda vermelha, pernas esguias e bem torneadas cruzadas com descuido, segurando para baixo numa das mãos uma capa de revista aberta, e com os dedos magros e afilados da outra voltados para seu colo, onde brincavam com um pingente ou medalhão que pendia de uma corrente, olhou para nós por um instante com um sorriso terno e afetuoso. Diante dela, num banco virado para sua direção, um senhor elegantemente vestido num leve terno cinza, de tecido fino e aparentemente caro, de rosto magro, cansado e distinto, salpicado de manchas marrons, estava sentado com suas canelas magras e tísicas cruzadas; por um momento pude ver suas mãos magras, paralisadas, entrevadas e dobradas em seu colo, cheias de manchas marrons; e pude ver uma veia esticada, estriada e quebradiça do dorso de uma mão velha.

E lá fora havia o campo agreste e desolado, irrompendo de súbito nos viços do mês de abril — uma árvore em flor, uma faixa de grama, uma touceira de flores —, inacreditável, inexprimível, selvagem, imenso e delicado. E lá fora havia os magníficos vagões de aço, as extraordinárias locomotivas, os trilhos reluzentes, a curvatura da linha férrea, o encardido e o desbotado extenso e apático das cores, a possante destreza mecânica e a enorme indiferença para com o retoque delicado. E lá dentro havia o verde e o luxo opulentos dos vagões pullman, o brilho suave das lâmpadas, e as pessoas imobilizadas ali por um instante, em pequenos retratos incomparavelmente variados e nítidos de suas vidas e de seus destinos, enquanto éramos todos lançados para diante, milhares de átomos, para o fim de nossa jornada em algum lugar do vasto continente, através da imensa e solitária superfície da terra sem fim.

E olhamos uns para os outros momentaneamente, passamos, afastamo-nos e desaparecemos para sempre; contudo, era como seu eu tivesse conhecido aquelas pessoas, como se as conhecesse melhor do que os passageiros do meu próprio trem; e como se, tendo-as encontrado por um segundo debaixo de céus vastos e intermináveis enquanto éramos impelidos através do continente para milhares de destinos, tivéssemos nos conhecido, passado, desaparecido, e entretanto, fôssemos lembrar disso para sempre. E creio que as pessoas dos dois trens sentiram isto também: lentamente passávamos por eles e nossas bocas sorriam e nossos olhos eram amáveis, mas acho que havia uma certa tristeza e um desgosto naquilo que sentíamos. Pois tendo vivido juntos e como estranhos na cidade imensa e fervilhante, encontráramo-nos então ali, na terra infinita, passáramos rapidamente uns pelos outros entre dois pontos do tempo sobre os trilhos reluzentes, para nunca nos encontrarmos, nos falarmos, nos conhecermos jamais; e a transitoriedade de nossos dias, o destino do homem, traduzia-se naquele cumprimento e naquele adeus instantes.

Então, dessa forma nós passamos e desaparecemos, os vagões da segunda classe deslizaram velozes passando por nós, até que mais uma vez emparelhamos com a cabina alta da locomotiva. E dessa feita o jovem maquinista não estava mais sentado à sua janela alta, com um sorriso determinado e os implacáveis olhos azuis fixos nos trilhos. Ao contrário, ele agora estava na porta, a máquina arrefecendo deliberadamente, desacelerada, sacolejando e sacudindo solta enquanto passávamos. Sua atitude era a de um homem que acabara de abandonar uma corrida. No momento em que passamos, ele tinha se virado para gritar algo ao foguista, que estava ali equilibrando-se, as mãos na cintura, escuro e sorridente. O maquinista pressionava a mão enluvada contra a cabina para apoiar-se, mantinha a outra na cintura, e sorria largamente para nós com sua fileira de dentes sólidos ressaltada por um molar de ouro reluzente — um sorriso agradável, espontâneo, generoso e bem-humorado, que dizia mais claramente do que quaisquer palavras o fariam: — Bom, agora acabou! Vocês venceram, companheiros! Mas vocês têm que admitir que foi uma parada dura enquanto durou!

Então nos afastamos e perdemos o trem para sempre. E dali a pouco nosso trem chegou a Trenton, onde fez uma parada. De repente, enquanto eu olhava para alguns negros[8] que trabalhavam com pás e picaretas ali na linha férrea, junto do trem, um deles levantou os olhos e se dirigiu calmamente a nosso cabineiro gordo, sem aviso ou qualquer cumprimento, tão informal e naturalmente quanto uma pessoa falaria com outra que estivesse a seu lado na mesma sala há horas.

— Quando é que você vem por aqui de novo, amigo? — perguntou.

— Estou de volta na terça — nosso cabineiro respondeu.

— Você já encontrou com aquela garota grandona? Você disse a ela o que eu pedi?

[8] *Ibdem* nota 1.

— Ainda não — disse o cabineiro —, mas eu vou ver ela logo! Te conto o que ela disser.

— Vou ficar esperando — o outro negro[9] concluiu.

— Não vou esquecer — disse nosso cabineiro gordo e negro, rindo furtivamente. O trem pôs-se em movimento, o homem voltou calmamente para seu trabalho, e isso foi tudo. O que significava aquele surpreendente encontro de dois átomos pretos sob os céus, aquela conversa inacreditável e casual, nunca descobri; mas nunca esqueci.

E toda a lembrança dessa viagem, da corrida entre os trens, dos negros[10], dos passageiros que surgiram como um passe de mágica, amontoando-se e rindo nas janelas, e particularmente da garota e da veia na mão do velho, tudo ficou eternamente gravado em minha memória. E como tudo que fiz e vi naquele ano, como toda viagem que realizei, ela se tornou parte de toda a minha lembrança da cidade.

E a cidade seria sempre a mesma quando eu retornasse. Eu caminhava apressado pelas estações imensas e magníficas, murmurantes em seus milhões de destinos e no perpétuo ruído do tempo para sempre aprisionado sob o teto delas — precipitavam e para a rua e num instante tudo seria igual ao que sempre fora, e ainda assim estranho e novo sempre.

Eu sentia que, por ter me afastado dali um momento, perdera alguma coisa inestimável e irrecuperável. Sentia imediatamente que nada mudara nem um pouco, mas que

---

[9] *Ibdem* nota 1.
[10] "Negroes" no original, termo ofensivo e antiquado no inglês, que era usado para se referir a pessoas com pele escura, de origem africana ou aos seus antepassados que vieram da África.

tudo estava mudando impetuosamente a cada segundo diante dos meus olhos. Parecia mais estranho que um sonho e mais familiar que o rosto de minha mãe. Eu não podia acreditar naquilo — e não podia acreditar em mais nada no mundo. Odiava a cidade, amava-a, era instantaneamente tragado e dominado por ela, mas ainda assim achava ao mesmo tempo ser capaz de comê-la e bebê-la inteira, devorá-la, tê-la em mim. Ela me enchia de uma intolerável dor e alegria, uma inexprimível sensação de triunfo e tristeza, uma crença de que tudo nela era meu, e uma compreensão de que nunca conseguiria possuir ou guardar sequer um punhado de sua poeira.

Ao voltar, eu trazia para ela toda a glória reunida na Terra, o esplendor, a força e a beleza da nação. Trazia uma extraordinária lembrança de vastidões, de força e de distâncias exultantes; uma visão de trens a golpear e martelar os trilhos, uma lembrança de pessoas em outro trem passando velozmente pela janela de minha visão, de pessoas comendo suntuosamente em baixelas de prata reluzente nos vagões-restaurantes, de cidades despertando à primeira luz da manhã, e de mil cidadezinhas adormecidas, erguidas ao longo da estrada, solitárias, pequenas e silenciosas na noite, amontoadas sob a desolação de céus imensos e cruéis.

Eu trazia para a cidade a lembrança de vagões cargueiros carregados, passando aos açoites a oitenta quilômetros por hora; de ligeiros intervalos, como aberturas numa parede, quando os vagões de carvão intrometiam-se por ali; e da repentina sensação de alívio e liberdade quando o último vagão passava chispando. Eu me lembrava do vermelho dos

43

vagões de mercadorias, ferruginoso e opaco como sangue ressequido, dos letreiros inscritos neles, bem como do vazio enorme, abismal, e da alegria que havia em serpentear por uma região de pinheirais rudes, sobre uma ferrovia enferrujada, à espera de destinos grandiosos na velha e vermelha luz do crepúsculo sobre a terra solitária, selvagem e indiferente; lembrava-me dos leitos das estradas cobertos de cinzas, e das áreas de terra estéreis e inexploradas, que não levavam a lugar algum; do barro vermelho nos talhos da linha férrea, e das obstinadas luzinhas dos semáforos — verde, vermelha e amarela — que emitiam suas veementes convicçõezinhas para grandes trens que golpeavam os trilhos no coração do breu imenso.

E de algum modo todas essas coisas inflexivelmente despertavam as imagens resplandecentes de todas as outras coisas que eu tinha visto e conhecido em minha infância numa cidadezinha, quando a grande miragem da cidade brilhante já existia em minha cabeça e era de algum modo clara, exultante, cheia de alegria e ameaça em milhares de coisas efêmeras, no extraordinário deslumbre da infância. E em tudo que eu via, tocava, degustava, cheirava e ouvia naquela época — no cheiro de alcatrão em abril e no cheiro de fumaça no fim de outubro; nas sombras de nuvens passando sobre o verde compacto de uma colina e no agitar-se de uma folha sobre um galho; no rosto de um ator da cidade que descia todo empertigado a rua principal do bairro; e no cheiro de serragem e de circos; e de elefantes surgindo dos vagões no claro-escuro da manhã, e nos cheiros de café, bifes e presunto na barraca do desjejum circense; das tábuas gastas e envelhecidas das arquibancadas de um campo de beisebol de uma cidadezinha, e da gritaria estridente de um camelô numa feira; no cheiro de pólvora, confete, gasolina e cachorros-quentes, e na música rodopiante e triste de um carrossel; e na luz-tremeluz de grandes trens marchando à beira do rio; no cheiro de rios, fresco, meio pútrido; no murmurar indiferente da folhagem do milharal durante a noite; na polpa da nogueira, nas folhas apodrecidas, no aroma vinoso e sazonado de maças encaixotadas e armazenadas; na voz de um viajante que tinha voltado da cidade; e no rosto de uma mulher que tinha morado lá; no calor, no cheiro e na apatia modorrenta de uma pequena estação do interior no meio da tarde, o ar carregado faiscando na vibração elétrica de telégrafos tiquetaqueantes e na iminente ameaça do trem; em quadros da ponte de Brooklyn com seu magnífico emaranhado de cabos e de homens de chapéu-coco passando por ela; e na lembrança das canções que cantávamos, persistentes lembranças de *Alexander's Rag Time Band, Has Anybody Here Seen Kelly* e *Yip-I-Addy-I-Ay*; e de ruas no inverno, onde os galhos desfolhados oscilavam na luz da esquina; e de casas fechadas, sombras delineadas, calidamente douradas pelas luzes e lareiras, o martelar de pianos e o som de vozes cantando; e em sinos de igreja dobrando por uma região rural durante a noite; no gemido do apito dos trens que partiam; na correria de folhas numa rua no outono; na gargalhada de uma mulher numa noite de verão; nos enormes rios lentos e amarelados, na luz profusa e solitária do inverno por sobre a terra, e em mil imagens de uma terra escurecida, desolada e invernal — em tudo isso e em milhares de outras coisas que vi e sonhei quando criança; e então todas elas voltavam para mim.

E por fim, ao voltar, eu trazia para a cidade o coração, o olho, a visão do eterno forasteiro que pisara suas pedras, respirara seu ar, que olhara como estrangeiro para seus milhões de rostos sombrios e marcados; e que nunca seria capaz de tornar sua a vida da cidade.

Eu trazia de volta as milhares de lembranças de meus antepassados, que eram homens admiráveis e conheciam o deserto, mas que nunca tinham vivido em cidades: sangue do meu sangue, carne da minha carne, centenas deles semearam sangue e esperma pelo continente, caminharam sob suas luzes profusas e solitárias, congelaram sob seu frio cortante, foram queimados pelo calor de seus sóis ferozes, consumidos, deformados, esmagados por suas intempéries selvagens; e lutaram como leões contra sua força gigantesca, sua brutalidade, sua ferocidade e beleza ilimitadas, até que com um só golpe de sua pata partia-lhes as costas e matava-os.

Eu trazia de volta a lembrança e a herança de todos esses homens e mulheres que haviam trabalhado, lutado, bebido, amado, se prostituído, se esforçado, vivido e morrido, deixando mais uma vez seu sangue, como o silêncio, ensopar a terra, deixando sua carne se decompor serenamente até a substância dura, ilimitada e bela da argila perene, da qual eles se originavam, da qual eles eram constituídos, sobre a qual trabalhavam, labutavam e caminhavam, e em cujo seio imenso e solitário seus ossos estavam enterrados e agora jaziam, apontando oitenta caminhos diversos através do continente.

Por sobre o martelar das rodas possantes, as vozes deles pareciam brotar da argila eterna, dando a mim, o filho que nunca tinham conhecido, a obscura herança da terra e dos séculos, que era minha até onde meu sangue e minha carne eram meus, mas que a mim era impossível decifrar:

— Quem quer que construa uma ponte sobre essa terra — eles gritavam —, quem quer que deite um trilho nessa bocaina, quem quer que revolva a poeira de onde jazem estes ossos, que desenterre-os e declame seu Hamlet aos engenheiros. Filho, filho — suas vozes perguntavam —, será a terra mais fecunda onde se deita nossa própria argila? Será preciso desengalhar a raiz da videira do coração sepultado? Arrancaste mandrágora de nossos cérebros? Ou as flores férteis, as flores grandes e férteis, as flores estranhas e desconhecidas?

— Deves admitir que a grama é mais abundante aqui. Pelos cresceram como abril em nossa carne sepultada. Esses homens estavam cheios de sumo; vais cultivar bom milho aqui, trigo dourado. Os homens estão mortos, tu dizes? Eles podem estar mortos, mas aqui tu plantarás árvores; plantarás um carvalho, mas éramos mais fecundos que um carvalho; plantarás uma ameixeira aqui, que é maior do que um carvalho; ela ficará carregada de ameixas tão grandes quanto maçãs pequenas.

— Éramos homens notáveis; os homens mesquinhos nos odiavam — diziam. — Éramos todos homens que gritávamos quando estávamos feridos, chorávamos quando estávamos tristes, bebíamos, comíamos, éramos fortes, fracos, cheios de medo; éramos barulhentos e queixosos, mas ficávamos serenos quando a escuridão chegava. Os tolos riam de nós e os pedantes zombavam de nós: como poderiam saber que nossos cérebros eram mais perspicazes que o de uma cobra? Por serem menores, eram mais delicados? Será que a pele deles, pálida e seca, percebia coisas por demais boas para nossa imaginação? O que achas, filho? Nossos corações eram mais singularmente elaborados que o de um gato, cheios de entrelaçamentos profundos, tendões trançados, avermelhados por conflagrações luminosas e fátuas; e nossos nervos admiráveis, de pontas incandescentes, cruzavam-se em redes por demais intrincadas para a compreensão deles.

— O que poderiam ver — por sobre os barulhos das rodas, as vozes e levavam-se em seu elogio triunfante —, o que poderiam saber de homens como nós, cujos pais talharam a lápide de seus túmulos e agora jazem sob montanhas, planícies e florestas, colinas de granito, submersos sob um rio caudaloso, mortos pelo golpe da terra eterna? Agora, apenas olha onde esses homens foram enterrados: eles ergueram suas sepulturas em grandes e risonhas touceiras de flores... vês outras flores tão férteis sobre outras sepulturas?

— Quem semeia a terra estéril? — suas vozes gritavam.

— Nós semeamos o deserto com sangue e esperma. Sangue de teu sangue, carne de tua carne, centenas dos teus estão reconstituídos com a argila original: nós demos uma linguagem à solidão, uma pulsação ao deserto; a terra estéril recebeu-nos e nos devolveu nossa agonia: nós fizemos a terra bradar. Um está enterrado em Oregon, e outro, junto a uma roda quebrada e uma cabeça de cavalo, ainda se agarra a uma coronha na trilha do Oeste. Um outro ajudou a tornar a Virgínia mais rica. Um morreu em Chancellorsville com o uniforme azul da União, e outro em Shiloh, cercado de mortos ianques. Outro foi cortado numa briga de bar e andou três quarteirões até achar um médico, segurando suas entranhas cuidadosamente nas mãos.

— Uma morreu na Pensilvânia tentando alcançar um espeto: morreu pela boca, como peixe; caiu, quebrou a bacia, morreu por um pedaço de carne malpassada, de rosbife, aos noventa e seis anos. Outro vulgarizou e pregou seu credo de Hatteras até a Golden Gate: ele recomendava leite com mel para os rins, sassafrás para icterícia, enxofre para ácido úrico, muda de olmo para gengivas inflamadas, espinafre para bócio, ruibarbo para dores nas juntas e todas as artroses do reumatismo, e água pura da fonte misturada com vinagre para aquela indisposição tão custosa a Vênus, que torna o mundo e os franceses mais próximos. Ele pregava a irmandade e o amor entre os homens, a vinda de Cristo e o Armagedon no final de 1886; e fundou "Os Filhos de Abel", "A Filha de Ruth", "Os Filhos do Pentateuco", bem como vinte outras seitas; e finalmente morreu aos oitenta e quatro anos, um filho do Senhor, profeta e santo.

— Mais duzentos estão enterrados nas colinas natais: esses homens adquiriram terras, cercaram-nas, tornaram-se seus proprietários, cultivaram-nas; comerciaram madeira, pedra, algodão, milho, tabaco; construíram casas, estradas, plantaram árvores e pomares. Aonde esses homens iam, adquiriam terras e preparavam-nas, cultivavam-nas, erguiam construções, vendiam-nas, acrescentavam-lhes outras. Esses homens tinham nascido nas colinas, eram obcecados por elas: todos conheciam as montanhas, mas poucos tinham visto o mar.

— Pois é assim que estamos, filho, carecendo de nossos milhares de anos e de nossas paredes em ruínas talvez, mas com nossa honra própria, enterrados ao longo de cinco mil quilômetros de terra. Houve chamariz de pássaros em busca de nossa carne no deserto. Pois atrai-os, por favor atrai-os! Atrai o pisco-de-peito-ruivo e a garriça que na floresta escura descobrem os cadáveres desprotegidos de homens desenterrados!

— Terra imortal, cruel e imensa como Deus — eles clamavam —, eternamente erraremos sobre teu seio! Para onde quer que grandes rodas nos levem, será ali nosso lar... lar para nossa fome, lar para todas as coisas exceto para a pequena trincheira e morada do coração: o domicílio do amor.

— Quem semeia a terra estéril? — perguntavam. — Quem precisa da terra? Tu ainda fará máquinas fabulosas e torres mais altas. E o que pode uma vala de ossos contra uma torre? Tu precisas da terra? Quem quer que precise da terra, que tenha a terra. Nossa poeira formada nessa terra, revolvida por seus milhares de sons, vai se revolver e estremecer sob a roda que passa. Quem quer que precise da terra, que use a terra. Que nos desenterre e construa ali sua ponte. Mas quem quer que construa uma ponte sobre esta terra, quem quer que deite um trilho nesta bocaina, quem quer que necessite de valeta onde jazem estes ossos, que vá desenterrá-los e declame seu Hamlet aos engenheiros.

— Os ossos ressequidos, a poeira áspera? — diziam. — O deserto vivo, a selva silenciosa? A terra infecunda?

— Não houve lábios que tremeram no deserto? Não houve olhos que, da ponta aguçada de uma rocha, procuravam no mar os homens que voltavam para casa? Não houve pulsação que vibrasse mais ardente de amor ou ódio à beira de um rio? Ou onde a velha roda e a coronha enferrujada se empilham na areia do deserto: junto à cabeça do cavalo, o crânio de uma mulher. Nenhum amor?

— Nenhum passo solitário em um milhão de ruas, nenhum coração que batesse em bom brado de sangue contra o aço e a pedra, nenhum cérebro dolorido, preso em seu aro de ferro, tateando por entre os desfiladeiros labirínticos? Nada naquela terra imensa e solitária, a não ser produção constante, desenvolvimento e poluição, o vazio de florestas e desertos, o ruído metálico, áspero e desumano de um milhão de línguas roncando o ronco da barriga que pede pão, ou o miado do gato que pede carne e leite? Tudo, então, tudo? É nascer e vinte mil dias de ruído e miados — e nada de amor, nada de amor? Não havia amor gritando no deserto?

— Não é verdade. Os amantes estão deitados sob a touceira de lilases; as folhas de louro estão vibrando no bosque.

Assim brotavam da terra as centenas de vozes de meus ancestrais chamando por mim, seu filho e irmão, por sobre o martelar da roda possante que rugia acima deles. A lembrança de suas palavras, seu idioma exultante de eterno silêncio, e todo o peso da herança que eles tinham deixado para mim, eu trazia da terra para os desfiladeiros fervilhantes, para as milhões de linguagens da cidade incessante, fabulosa, milípede.

E finalmente eu trazia para a cidade uma lembrança do imorredouro e imutável silêncio daquela terra em si, e de palavras tranquilas pronunciadas ainda numa estrada. Mais uma vez eu tinha visto a terra perene e imensa, a terra americana, selvagem, agreste, ilimitada, marcada pela rudeza, ocupada por vazios, tosca e imemorável mas explodindo para a vida e para abril em dez mil lugares, e de certo modo lírica, selvagem e inesquecível, solitária, bárbara e inexprimível em sua beleza como nenhum outro lugar do mundo.

E tudo o que eu vira, tudo o que lembrava desta terra eu trazia para a cidade, e aquilo parecia ser o complemento da cidade — para alimentá-la, para abastecê-la, para pertencer a ela. E a imagem da cidade inscrita em meu coração era tão inacreditável que parecia uma ficção, uma fábula, algum enorme sonho dentro do meu próprio sonho; tão inacreditável que eu não pensava encontrá-la quando voltasse; ainda assim ela estava exatamente igual ao que eu me lembrava.

Eu encontrava nela, no instante em que saía da estação, o enxame abundante de rostos, a brutal estupefação da rua, o brilho e a altura dos grandes edifícios, imensos e arrogantes.

Era fabulosa e inacreditável mas lá estava. Novamente eu via os milhões de rostos — os rostos difíceis, desbotados, desolados, arrasados, corrompidos; os rostos estampados de todos os familiares sinais de suspeita, desconfiança, astúcia, perspicácia e um cinismo estúpido e persistente. Havia os rostos franzinos e afogueados dos motoristas de táxi, os rostos astutos, dissimulados e furtivos, as bocas rigidamente torcidas e as vozes estridentes, os olhos brilhantes e tóxicos de paixões artificiais. E havia os rostos cruéis, arrogantes e espertos dos judeus de nariz adunco as figuras pesadas e brutais dos policiais irlandeses e seus rostos corados e carnudos, carregados das ameaças do privilégio e do poder, estúpidas, determinadas e irascíveis, salientando-se a olhos vistos, terrivelmente, com vitalidade e força quase perversas e sanguinárias entre as torrentes fervilhantes da gente de rosto cinzento. Estavam todos ali como eu me lembrava deles — uma raça mestiça, escura e febricitante formigando eternamente pelas calçadas, movendo-se em harmonia com aquela vasta energia central, saciada da vida da cidade como de um fluido dinâmico e absoluto.

E o mais incrível, o mais incrível é que esses rostos comuns cansados, desolados e rudes, esses rostos que eu vira um milhão de vezes, e mesmo o balbucio estéril das palavras ásperas que eles proferiam, pareciam então ser tocados pela magia do agora e do para sempre, essa qualidade estranha e lendária que a cidade tinha, e pertencer eles próprios a algo de fabuloso e encantado. As pessoas, comuns, apáticas e familiares que eram, pareciam ser uma parte, abranger, ligar-se a algo de clássico e eterno, à infinita variabilidade e fixidez do tempo, a toda a fabulosa realidade da vida da cidade: elas a compunham, era parte dela, e não poderiam ter pertencido a mais nada no mundo.

E enquanto eu as via, enquanto as ouvia, enquanto de novo escutava suas palavras à medida que iam passando, os paus e pedras de suas duras imprecações e seus gritos irritantes, o monstruoso e único anátema de suas línguas amargas e estridentes, dedicadas tão completa e constantemente a rebaixar, enganar e trair os amigos que a fala parecia ter sido dada a elas por algum demônio de ódio inesgotável, somente para que pudessem expressar a infâmia e a vileza dos homens, ou a falsidade das mulheres — enquanto escutava essa monstruosa e única língua de ódio, maldade e leviandade, parecia inacreditável que elas fossem capazes de respirar o ar límpido sem se cansar, sem agonia ou esforço, que fossem capazes de viver, respirar, mover-se enfim em meio à enorme nódoa arraigada, da venenosa congestão de suas vidas.

Ainda assim, viver, respirar, mover-se, elas o faziam com uma impetuosidade selvagem e incontestável, com uma energia desmedida. Bocas intransigentes, olhos intransigentes, línguas estridentes, com seus milhões de rostos duros e cinzentos elas passavam em torrentes pelas ruas, eternamente, como um único animal, com as sinuosas e malignas convoluções de um réptil enorme. E o ar mágico e reluzente, a estranha, delicada e encantada atmosfera de abril estava sobre elas, e os homens enterrados espalhavam-se pela terra que elas trilhavam, uma cadeia de grandes vagas inundava tudo em volta, a rocha forjada sobre a qual se moviam aos enxames inclinava-se para o leste nas jornadas do sol para a eternidade, e era mastreada como um navio com suas torres extraordinárias, era lançada ferozmente entre suas marés para o estômago mesmo do oceano infinito e devorador. E o entusiasmo e a alegria formavam um grito de triunfo em minha garganta, pois eu achava aquilo maravilhoso.

Suas vozes pareciam formar uma única e geral Voz-da-Cidade, um único rosnado estridente, uma única boca torcida em insulto e injúria para sempre exposta aos imperturbáveis e imorredouros céus do tempo, um linguajar e um rumor escarninhos da baixeza do homem, arraigados à superfície da terra e incrivelmente voltados, com uma firmeza perversa, para o espaço raso e indiferente diante da calma e do silêncio da eternidade. Cheia de reminiscências pugnazes, essa Voz dizia:

— "Esse cara", eu falei, "esse amigo seu" — a Voz começava — "esse idiota, esse trapaceiro barato que você me apresentou, e que me deve quarenta contos, quando é que ele vai me pagar?", eu perguntei.

E escarninha, desdenhosa, esperta, a Voz rosnava:

— Nã! Nã! Nã! Cê não entendeu nada! Do que cê tá falando? Cê entendeu tudo errado. Ele não! Aquele cara não! Não é aquele cara mesmo! É o outro cara! — a Voz dizia. E bruscamente buscava informações:

— Que cara? De que cara cê tá falando? Aquele cara que vinha no Louie? — E ríspida, ameaçadora, ela respondia:

— Cê não sabe? Como não sabe? — E desafiante:

— Quem é que não sabe?... Quem é que tá dizendo... Quem disse? — E zombando:

— Ah, *aquele* cara!... É *daquele* cara que cê tá falando? Eu tô pouco ligando pro que ele pensa, pelo amor de Deus!... Ele que vá pro inferno! — ela concluía.

Recontando antigas vitórias em alarde épico, ela narrava:

— "Pode ir saindo daí", eu falei. "Tá pensando o quê?"... "Ah, claro", ele disse, "e quem é que vai me tirar daqui?".

Daí, eu disse: "Você me ouviu, não ouviu?! Cê vai tirar essa sua lata velha daí. Cê vai esperar na fila pela sua vez como todo mundo!"... "Ah, claro", ele disse... "Cê me ouviu, cara", eu falei... E ele acabou saindo.

Em tons refinados de madame, a Voz contava um romance para ouvidos atentos:

— "Escuta aqui", eu falei, "até onde meu chefe está envolvido, tudo não passa de negócio... e até onde o senhor Ball está envolvido é negócio *meu*", ha, ha, ha! juro que foi isso que eu disse a ele... Nossa: ele caiu na risada, gente! "E depois das cinco", eu falei, "eu sou dona do meu nariz... Além do mais (eu falei), a gente precisa levar em conta o lado psicológico!"

E naquela doce entonação de mãe aflita, a Voz admitia:

— Verdade! Eu bati nela. Bati mesmo. Pra valer. Nossa! Foi uma surra daquelas, juro! Minha mão ainda tava ardendo meia hora depois!... Eu simplesmente estourei, sabe como é... Não vejo outro motivo pra uma coisa daquelas! Simplesmente não consegui me controlar! Aquele cara no banheiro perguntando pelos ovos, o bebê gritando pela mamadeira, e eu estourei!... Não vejo outro motivo! Foi a única razão de ter batido nela, entende? Eu tenho medo que ela machuque o bebê, sabe? Ela torce os dedos dele pra trás. Então eu disse: "Pelo amor de Deus, não faça isso!... E eu tô com dor de cabeça..." E então estourei! Verdade! Bati pra valer!... O problema é que eu não consigo ficar só num tapa, entende? Nossa, como eu bati nela! Minha mão ainda tava ardendo meia hora depois!

Tocada em seu sentimento de decência ultrajada, a Voz dizia:

— Eu subi a escada e bati naquela porta!... "Sai dai, sua fdp", eu falei. Juro, eu tô te dizendo! Foi isso mesmo que eu disse a ela!... "Sai daí, antes que eu te ponha pra fora" — E com remorso, acrescentava:

— Juro que eu odeio fazer essas coisas. Fico mal depois. Mas não vou admitir isso na minha casa. Isso eu me recuso! — a Voz dizia. E agitada, asseverava:

— Verdade! É o que eu tô te falando!... Cê sabe da história, não sabe? O primeiro cara, o marido dela, arrumava a cama, mas quem se deitava era o outro, o namorado. Cê pode imaginar uma coisa dessas? — a Voz continuava.

Surpresa, num tom perplexo, exclamava:

— Eu não tô brincando não! Não mesmo! — E em solene reprovação, completava:

— Ah, cê sabe que eu acho isso terrível. Eu acho medonho — respondia a Voz em horror incrédulo.

Finalmente, afetuosa e familiar, a grande Voz-da-Cidade dizia:

— Bom, até logo, Eddy. Vou dar uma dormida — afirmava, e respondia:

— Bom, até logo, Joe, a gente se vê. Até logo, Grace — completava, num tom de suave ternura e amor.

E a gigantesca Voz-da-Cidade murmurava:

— Certo, meu chapa. Às oito horas eu estou lá, sem brincadeira!

Tais eram algumas das línguas daquela gigantesca e única voz como eu as ouvia falar milhares de vezes e que, imediata e inacreditavelmente como agora, tornavam a falar logo que eu voltava para a cidade.

E enquanto eu as escutava, enquanto as ouvia, o idioma delas não poderia ser menos estranho para mim se elas fossem de habitantes do planeta Marte. Eu olhava boquiaberto, escutava, via a coisa toda reluzindo de novo na minha cara sob o tom e o movimento de sua própria energia central, única e incomparável. Era tão real que era mágico, tão real que tudo o que os homens sempre souberam era-lhes imediatamente revelado; tão real que era como se eu a conhecesse desde sempre, mas ainda estivesse sonhando quando olhava para ela; então eu olhava para ela e meu espírito exclamava:

— Inacreditável! Oh, inacreditável! Ela se move, ela pulsa como uma coisa una e viva! Ela vive, com todos os seus milhões de rostos. — E é assim que eu sempre soube que era.

O sol e a chuva

Quando acordou, estava cheio de uma excitação entorpecida. Era um dia cinzento de inverno, com neve no ar, e ele tinha a expectativa de que algo ia acontecer. Frequentemente experimentava esse sentimento no interior da França: era um estranho e confuso sentimento de solidão e desamparo, de perguntar a si próprio, num vazio fantasmagórico, por que estava ali; e um momentâneo sentimento de alegria, esperança e expectativa por não saber o que iria encontrar. De tarde ele foi até a estação e pegou um trem que ia para Orléans. Não sabia onde ficava Orléans. O trem era misto, formado por vagões de carga e compartimentos de passageiros. Comprou uma passagem de terceira classe e entrou numa das cabines. Então o pequeno apito estridente soou, e o trem partiu retinindo, de Chartres para o interior, daquele jeito abrupto e casual que têm os pequenos trens franceses, o que era inquietante para ele.

Havia uma leve camada de neve nos campos, o ar estava enfumaçado e a terra inteira parecia soltar fumaça e vapor; das janelas do trem podia-se ver a terra úmida e o arranjo listrado em que se cultivavam os campos, bem como, de vez em quando, algumas casas de fazenda. Não lembrava em nada os Estados Unidos: a terra parecia fértil e bem cuidada; até mesmo as florestas enfumaçadas de inverno tinham esse aspecto bem cuidado. Às vezes podia-se ver ao longe as altas fileiras de álamos, e saber que havia água por lá.

Na cabine ele encontrou três pessoas — um camponês, mulher e filha. O velho camponês tinha bigode farto, um rosto sulcado e curtido pelo tempo, olhos pequenos e um tanto remelentos. Suas mãos eram de uma solidez e de um peso assim de pedra; e ele as mantinha cruzadas sobre os joelhos. O rosto da mulher era suave e trigueiro, havia bonitas teias de ruga em volta de seus olhos, e seu rosto era assim como uma velha gamela marrom. A filha tinha um rosto carrancudo e sombrio, e sentava-se longe dos dois, perto da janela, como se se envergonhasse deles. Algumas vezes, quando falavam com ela, a moça respondia num tom furioso, sem olhar para eles.

Quando o rapaz entrou na cabine, o camponês começou amigavelmente a conversar com ele. O rapaz respondia com um sorriso arreganhado, embora não entendesse uma única palavra do que o velho estava dizendo; mas ele continuava a falar, pensando que estava sendo entendido.

Tirou do casaco um pacote de tabaco barato e forte — o *'bleu*, que o governo francês fornece aos pobres por alguns centavos —, e preparava-se para encher seu cachimbo. O rapaz tirou do bolso um maço de cigarros americanos, e ofereceu ao camponês.

— Aceita um?

— Nossa! Aceito, sim — o camponês respondeu.

Desajeitadamente tirou um cigarro do maço e segurou-o entre seus dedos grandes e entrevados; então esticou-o até a chama que o rapaz oferecia, dando baforadas de maneira pouco habitual. Depois meteu-se a examinar curiosamente o cigarro, revolvendo-o nas mãos para ler a marca. Virou-se para a mulher, que acompanhara cada movimento daquela transação simples com os olhos atentos e cintilantes de um animal, e começou uma rápida e entusiástica discussão com ela.

— É americano, esse aqui. — É bom?

— Se é!... É de boa qualidade.

— Deixa eu ver aqui. Qual é o nome dele?

Olharam mudos para o rótulo.

— Como é que se chama? — o camponês perguntou ao rapaz.

— Licky Streek — o jovem respondeu, na fonética correta. — Li-Li-Lii-ki? — disseram, olhando hesitantes. — O que isso quer dizer em francês?

— *Je ne sais pas* — o rapaz respondeu.

— Para onde você está indo? — o camponês perguntou, olhando para o rapaz com seus olhinhos remelentos de deslumbrada curiosidade.

— Orléans.

— Onde? — o camponês perguntou, um olhar perplexo no rosto.

63

— Orléans.
— Não entendi — disse o camponês.
— Orléans! Orléans! — a garota gritou num tom furioso.
— O moço disse que está indo para Orléans.
— Ah! — o camponês exclamou, com ares de súbita iluminação. — *Orleáns!*
O rapaz tinha a impressão de ter pronunciado a palavra exatamente da mesma forma que o camponês pronunciara, mas tornou a repetir:
— É, Orléans.
— Ele vai para Orléans — o camponês disse, voltando-se para a mulher.
— Ah-h! — ela exclamou, intencionalmente, com grandes ares de iluminação; então ambos ficaram silenciosos, e começaram de novo a fixar o rapaz com olhos curiosos.
— De que região você é? — o camponês logo perguntou, ainda atento e perplexo, olhando fixamente para ele com seus olhos pequenos.
— Como? Não entendi.
— Eu disse: de que região você é?
— O moço não é francês! — a garota gritou, como que irritada com a imbecilidade deles. — Ele é estrangeiro. Não estão vendo?
— Ah-h! — o camponês exclamou logo depois, com uma expressão de esclarecimento estupefato. Depois, voltando-se para a mulher, disse, lacônico: — Ele não é francês. É estrangeiro. — Ah-ah!
E ambos viraram para ele seus olhinhos arredondados, examinando-o com atenção concentrada, animal,

— De que país você é? — o camponês perguntou em seguida. — O que você é?
— Sou americano.
— Ah-h! Americano... Ele é americano — disse, virando-se para a mulher.
— Ah-h!
A garota mexeu-se impaciente e continuou a olhar taciturna pela janela.
Então o camponês, com a concentrada curiosidade de um animal, começou a examinar cuidadosamente seu companheiro, da cabeça aos pés. Olhou para os sapatos dele, para as roupas, para o sobretudo, e finalmente levantou os olhos para a valise do jovem, no bagageiro sobre sua cabeça. Ele cutucou a mulher e apontou para a valise.
— Aquilo é coisa da boa, hein? — disse em voz baixa.
— É couro legítimo.
— É, é do bom mesmo.
Ambos ficaram olhando para a valise por alguns instantes, e depois voltaram a depositar no jovem o olhar curioso. Ele ofereceu ao camponês um outro cigarro; o velho pegou um, agradecido.
— É muito bom esse aqui — afirmou, indicando o cigarro. — Deve custar caro, não?
— Seis francos.
— Ah-h!... é muito caro. — E começou a olhar para o cigarro com mais respeito. — Por que está indo para Orléans? — perguntou em seguida. — Você conhece alguém lá?
— Não, vou apenas visitar a cidade.

65

— Como? — o camponês insistiu, piscando os olhos desentendido. — Você tem negócios por lá?
— Não. Vou apenas visitar... conhecer o lugar.
— Como? — o velho perguntou, parvo por um momento. — Não entendi.
— O moço disse que vai visitar a cidade — a garota interrompeu, furiosa. — Será que não conseguem entender nada?
— Não entendo o que ele está dizendo — o velho disse a ela. — Ele não fala francês.
— Ele fala muito bem — a garota assegurou, com raiva. — Entendo muito bem o que ele diz. Vocês é que são burros... isso sim.
O camponês ficou em silêncio por algum tempo, fumando seu cigarro às baforadas e olhando para o rapaz com olhos amigáveis.
— Os Estados Unidos são muito grande, não? — disse, enfim, fazendo um gesto largo com as mãos.
— Sim, é um país muito grande. Muito maior que a França.
— Como? — o camponês perguntou de novo, o olhar paciente e perplexo. — Não entendi.
— Ele disse que os Estados Unidos são maiores que a França — a garota gritou, num tom irritado. — Eu entendo tudo o que ele diz!
Depois, por vários minutos, houve um silêncio estranho: nada foi dito. O camponês fumava seu cigarro, deu várias vezes a impressão de que estava a ponto de falar, olhou desconcertado e nada disse. Lá fora uma chuva começara a cair em linhas longas e oblíquas através dos campos; e

para além dela, no céu cinzento e carregado, havia uma auréola láctea onde o sol devia estar, e como que tentando abrir caminho. Quando o camponês viu aquilo, animou-se; aproximando-se do rapaz de maneira amigável, deu com um de seus grandes dedos entrevados um tapinha no joelho dele e, apontando então para o sol, disse bem devagar e distintamente, como alguém que instruísse uma criança:
— Le so-leil.
E o rapaz repetiu obediente a palavra, como o camponês dissera:
— Le so-leil.
O velho e a mulher sorriram radiantes, encantados, e expressaram sua aprovação dizendo:
— Isso! Isso. Bom. Muito bom!
Virando-se para a mulher, como que para pedir confirmação, o velho perguntou:
— Ele falou certinho, não falou?
— Claro! Foi perfeito!
Depois, apontando para a chuva e fazendo com as mãos um movimento inclinado e descendente, ele disse de novo, bem devagar e paciente:
— La pluie.
— La pluie — o rapaz respondeu devidamente, e o camponês assentiu entusiástico, dizendo:
— Muito bom! Você está falando muito bem. Em pouco tempo vai falar um bom francês. — Depois, apontando para os campos lá fora do trem, disse, delicadamente:
— La terre.
— La terre — o rapaz respondeu.

— Escutem aqui — a garota gritou irada lá de seu banco perto da janela, — ele conhece todas essas palavras. Ele fala francês muito bem. Vocês é que são muito tapados para entendê-lo... isso sim.

O velho não deu qualquer resposta a ela, e continuou sentado olhando para o rapaz com uma expressão simpática e aprobativa. Então, mais rápido que antes, e numa sequência, ele apontou para o sol, a chuva, a terra, dizendo:

— *Le soleil... la pluie... la terre.*

O rapaz repetiu as palavras em seguida, e o camponês assentiu, satisfeito. Depois, por um longo tempo ninguém falou, não houve nenhum ruído a não ser a pancada estrondosa e irregular do trem pequeno; e a garota continuava a olhar rabugenta pela janela. Lá fora, a chuva caía em longas linhas oblíquas pelos campos férteis.

No final da tarde o trem parou numa pequena estação, e todos se levantaram para descer. A composição ia no máximo até ali — para chegar a Orléans era preciso fazer baldeação.

O camponês, a mulher e a filha pegaram suas trouxas e desceram. Numa outra linha, outro trem pequeno estava à espera, e o camponês apontou para ele com seu grande dedo entrevado, dizendo ao rapaz:

— Orléans. Lá está seu trem.

O rapaz agradeceu e deu ao velho o restante do maço de cigarros. O camponês agradeceu-lhe efusivo e, antes de se despedirem, apontou de novo rapidamente para o sol, a chuva e a terra, dizendo, com um sorriso suave e amigo:

— *Le soleil... la pluie... la terre.*

E o rapaz assentiu, para mostrar que tinha entendido, repetindo o que o velho dissera. O camponês acenou com a cabeça, numa entusiástica aprovação, afirmando:

— Isso, isso! Está muito bom. Você vai aprender depressa.

Ao ouvir isso, a garota — que caminhava adiante dos pais com o mesmo olhar zangado, reservado e envergonhado — virou-se e gritou num tom irritado, furioso:

— Eu já disse que o moço sabe de tudo isso!... Deixem ele em paz! Vocês estão fazendo papel de idiotas!

Mas o velho e a velha não deram nenhuma atenção a ela, e continuaram a olhar para o rapaz com um sorriso amistoso, trocando cordiais e afetuosos apertos de mão com ele enquanto se despediam.

Então ele atravessou os trilhos e subiu para um dos compartimentos do outro trem. Quando olhou pela janela, o camponês e a mulher estavam parados na plataforma, olhando em sua direção com uma expressão amável e ansiosa nos rostos envelhecidos. Quando seus olhares se cruzaram, o velho apontou com o dedo para o sol, e gritou:

— Le soleil.

— Le soleil — o rapaz respondeu.

— Isso! Isso! — o velho gritou, rindo. — Muito bem!

Então a garota lançou um olhar mal-humorado para o rapaz, soltou uma risada curta, impaciente e irritada, e deu as costas, com raiva. O trem começou a se mover, mas o velho e a velha ficaram olhando para ele até quando foi possível. O rapaz acenou para eles, o velho acenou de volta com sua manzorra e apontou para o sol, rindo. O rapaz assentiu com a cabeça e gritou, para mostrar que entendera.

69

Enquanto isso, a garota, que encolhera os ombros zangada e dera as costas, caminhava para deixar a estação.

Depois perderam-se de vista, o trem rapidamente deixou para trás a cidadezinha, e agora nada havia senão os campos, a terra, as distâncias misteriosas e enfumaçadas. A chuva caía sem parar.

Escuro na floresta, estranho como o tempo

Anos atrás, entre as pessoas que se encontravam numa das plataformas da estação ferroviária de Munique, junto ao Expresso Suíço que estava prestes a partir, havia um homem e uma mulher — uma mulher tão deslumbrante que a lembrança dela assaltaria para sempre a memória daquele que a tivesse visto, e um homem em cujo rosto sombrio já era visível a herança de um encontro estranho e fatal.

A mulher, que tinha aproximadamente trinta e cinco anos, estava no auge de uma beleza radiante e madura. Era uma criatura maravilhosa, cheia de vida e saúde até a última carnação de seus lábios, um milagre de encantamento no qual todos os elementos de beleza tinham se combinado em tão apurada proporção e com tal equilíbrio e ritmo que, mesmo enquanto se olhava para ela, mal se podia acreditar na evidência dos próprios olhos, tão magicamente sua imagem variava e ao mesmo tempo permanecia igual.

Assim, embora não fosse alta demais, às vezes ela parecia se impor a uma altura majestosa e arrogante para, no momento seguinte, enquanto abraçava seu companheiro, mostrar-se pequena e frágil, de modo quase afetado. Além disso, seu corpo gracioso parecia nunca ter perdido a delicada magrez da juventude, ainda que fosse pleno, farto, vibrante em todas as curvas da sensual maturidade feminina; e todo movimento que ela fazia era cheio de graça sedutora.

A mulher vestia roupas da moda, caras e de bom gosto; seu chapéu-toque se ajustava confortavelmente sobre uma coroa de cabelos vermelho-cobre e ensombrecia seus olhos, que eram rasos e tinham uma cor azul esfumaçada que podia escurecer até quase virar preto, e alterar-se à menor variação de sentimentos que lhe percorressem o rosto. Ela conversava com o homem num tom baixo e terno, sorrindo um sorriso vago e sensual enquanto olhava para ele. Falava ansiosa, enérgica, alegre, e de vez em quando explodia numa risadinha que brotava suave, intensa, sensual e terna de sua garganta.

Enquanto andavam de um canto a outro da plataforma, conversando, a mulher enroscava sua mãozinha enluvada no braço do pesado casaco do homem, e aconchegava-se a ele, às vezes aninhando ali sua fronte encantadora, tão altiva e graciosa como uma flor. De vez em quando eles paravam e se olhavam fixamente por alguns instantes. Então ela falava com ele em tom de reprovação divertida, repreendia-o, sacudia-o delicadamente pelos braços, fechava as grandes lapelas peludas de seu casaco caro e sacudia-lhe um dedinho enluvado, em sinal de advertência.

E a todo momento o homem olhava para ela, dizendo pouco, mas devorando-a com grandes olhos sombrios, que inflexivelmente se consumiam nas chamas da morte e pareciam alimentar-se da mulher fisicamente, com uma voraz e insaciável ternura amorosa. Ele era judeu, exageradamente alto, cadavérico e tão debilitado pela doença que o corpo se perdia, mergulhava, desaparecia dentro dos trajes pesados e caros que ele usava.

O rosto branco e magro, reduzido a um tegumento descarnado de pele e osso, convergia para um enorme nariz curvo, de modo que seu rosto já não era tanto um rosto, era antes a grande cara adunca da morte, iluminada por dois olhos vorazes e ardentes, e colorida nos flancos por duas flâmulas chamejantes de vermelho. Ainda assim, com toda a feiura causada pela doença e pelo definhamento, era curiosamente um rosto memorável e comovente, um semblante de certa nobreza trágica com seu emblema de morte.

Mas então era chegada a hora de partir. Os guardas gritavam avisos aos passageiros; em todas as direções da plataforma havia um cerrado corre-corre, apressados torvelinhos entre os grupos de amigos. Viam-se pessoas se abraçando, se beijando, apertando as mãos, chorando, rindo, gritando, voltando para mais um beijo seco e rápido, e então subindo apressadamente para suas cabines. E se ouviam numa língua estranha os votos, as juras, as promessas, as graças e as insinuações rápidas, que eram secretas e preciosas para cada grupo e capazes de provocar neles súbitas gargalhadas: as palavras de adeus que são as mesmas em todo o mundo:

— Otto!... Você pegou o que eu te dei?... Dê uma olhada! Ainda está com você? — Ele olhou, estava com ele; acessos de riso.

— Você vai ver Else?

— O quê? Não consigo ouvir — gritando, pondo a mão em concha no ouvido e virando a cabeça para o lado, um olhar confuso.

75

— Perguntei – se você – vai – ver – Else — literalmente berrando por sobre o tumulto da multidão, entre as mãos em concha.
— Vou. Acho que sim. Esperamos encontrá-los em Saint-Moritz.
— Diga pra ela me escrever.
— Hein? Não consigo te ouvir. — Mesma pantomima de antes.
— Eu disse – pra – pedir – pra – ela – me – escrever.
— Outro berro.
— Ah, tá! Tá! — Acenando rapidamente com a cabeça, sorrindo. — Vou dizer.
—... se não, vou ficar bravo com ela!
— O quê? Não consigo te ouvir com todo esse barulho.
— A mesma coisa de antes.
— Eu – disse – que – vou – ficar – bravo – se – ela – não – escrever — berrou de novo a toda voz.
Nesse momento cochichavam maliciosamente um homem e uma mulher, que se sacudia toda tentando prender o riso; ele se voltou com um largo sorriso para gritar a um amigo que partia, mas foi impedido por ela, que o agarrou pelo braço e, o rosto avermelhado pelo riso, disse, ofegante e histérica:
— Não! Não!
Mas o homem, ainda rindo muito, colocou as mãos em concha na boca e gritou:
— Diga ao tio Walter que ele tem que usar as...
— O quê? Não consigo ouvir. — Pondo a mão em concha no ouvido e virando a cabeça de lado, como antes.

— Eu – disse... — O homem começou a berrar calculadamente.
— Não! Não! Não! Psss-siu! — a mulher gritava ofegante, frenética, puxando com força o braço dele.
— ... para – dizer – ao – tio – Walter – que – ele – tem – que – usar – as – de – lã...
— Não! Não! Não, Heinrich! ... Psss-siu! — a mulher gritou.
— ... aquelas – grossas – que – a – tia – Bertha – bordou –com – as – iniciais – dele! — o homem continuou, implacável.
Nesse instante, todo o grupo pôs-se a gritar, e a mulher soltou uma gargalhada, protestando e dizendo alto:
— Pss-siu! Pss-siu!
— Já, eu vou dizer a ele — o passageiro sorridente respondeu aos gritos, assim que eles se aquietaram um pouco.
— Talvez – ele – nem – tenha – mais – aquilo — ele gritou, numa feliz reflexão tardia. — Talvez – uma – daquelas – *Frauleins* – de – lá... — completou ofegante, engasgando de tanto rir.
— Otto! — a mulher gritou. — Psiu!
— ... talvez – uma – daquelas – *Frauleins* – tenha – levado – embora... — Ele começou a sufocar de rir.
— O-o-o-ot-to!... Que vergonha... Pss-siu! — a mulher gritou.
— ... como – lembrança – da – velha – Munique — o passageiro concluiu, aos berros, e todo o grupo se agitou de novo. Quando eles tinham mais ou menos se recomposto, um dos homens começou, num tom ofegante e trôpego, enquanto enxugava as lágrimas dos olhos:

— Diga – a – Else — ele começou, com mais intensidade — que – a – tia – Bertha – Ah – meu – Deus! — gemeu novamente, hesitou, enxugou as lágrimas dos olhos e se fechou num silêncio inerte.

— O quê? ... O quê? — o passageiro sorridente gritou num agudo, levando a mão ao ouvido atento. — Dizer o que a Else?

— Diga – a – Else – que – tia – Bertha – está – mandando – a – receita – do – bolo – de – camadas — então o homem realmente gritava, como se tivesse que botar aquilo para fora a qualquer custo, ante a iminência de seu colapso total. O efeito daquela referência aparentemente insignificante ao bolo de camadas de tia Bertha foi surpreendente. Nada do que fora dito antes podia assemelhar-se ao efeito convulsivo que aquilo teve sobre o pequeno grupo de amigos. Eles foram imediatamente levados a uma imobilidade espasmódica de riso — cambaleavam como bêbados, agarravam-se uns nos outros em busca de apoio, rios de lágrimas corriam de seus olhos inchados, e de suas bocas escancaradas saíam de vez em quando débeis fios de voz, engasgos abafados, gritos fracos das mulheres; um ofegante, paralisante acesso de alegria, do qual eles saíram enfim para se recuperar numa espécie de fala soluçada.

O que era aquilo — toda a implicação daquela referência aparentemente banal que os tinha jogado em tal acesso convulsivo de alegria — nenhum estranho jamais saberia, mas seu efeito sobre as outras pessoas foi contagiante; elas olhavam em direção ao grupo de amigos e sorriam maliciosamente, riam, sacudiam as cabeças umas para as outras. E assim foi em toda a extensão da plataforma. Ali havia pessoas sérias, alegres, tristes, sisudas, jovens, velhas, calmas, informais e agitadas; havia pessoas voltadas para os negócios e pessoas voltadas para o prazer; havia pessoas partilhando em cada ato, palavra e gesto, o entusiasmo, a alegria e a expectativa que a viagem despertava nelas; e outras que se olhavam aborrecidas e indiferentes, que se acomodavam em seus assentos e não prestavam mais nenhuma atenção aos incidentes da partida — mas em todo lugar era a mesma coisa.

As pessoas estavam falando a língua universal da partida, que não varia no mundo inteiro — a língua muitas vezes banal, trivial e até inútil, mas por isso mesmo curiosamente tocante, já que serve para esconder uma emoção mais profunda no coração dos homens, para preencher o vazio que há em seus corações ante o pensamento da partida, para servir de escudo, uma máscara que esconda seus sentimentos verdadeiros.

E por isso havia para o jovem, o estranho e o forasteiro que via e ouvia essas coisas, um caráter emocionante e comovente na cerimônia da partida do trem. Enquanto ele via e ouvia essas atitudes e palavras que, transposta a barreira de uma língua estranha, eram idênticas àquelas que ele vira e conhecera toda a sua vida, entre os seus — ele de repente sentiu, como nunca tinha sentido antes, a terrível solidão da familiaridade, a percepção da identidade humana que tão estranhamente une todas as pessoas do mundo, e que está arraigada na estrutura da vida dos homens, muito além da língua que eles falam, da raça da qual são membros.

Mas agora que era chegada a hora da partida, a mulher e o homem moribundo não diziam nada. De braços dados, eles se olhavam com ternura voraz e ardente. Abraçaram-se, os braços dela apertavam-no, seu corpo intenso e sensual inclinou-se para ele, seus lábios vermelhos colaram-se à boca dele como se ela não fosse capaz de deixá-lo ir jamais. Por fim desvencilhou-se dele, empurrou-o com um pequeno gesto nervoso e disse: "Vá, vá! Está na hora!".

Então o espantalho voltou-se e rapidamente entrou no trem, o guarda passou e bateu com violência a porta atrás dele, o trem começou a se movimentar lentamente.

E durante todo o tempo o homem, apoiado a uma janela no corredor, ficou olhando para ela; e a mulher, andando ao lado do trem, tentava mantê-lo à vista o maior tempo possível. O trem já ganhava movimento, a mulher diminuiu o passo, parou, os olhos úmidos, os lábios murmurando palavras que ninguém podia ouvir; enquanto ele desaparecia de sua vista, ela gritou: "*Auf Wiedersehen!*" levou a mão aos lábios e mandou-lhe um beijo.

Por um momento ainda o jovem, que por pouco tempo seria o companheiro de viagem daquele espectro, ficou olhando da janela do corredor para a plataforma e a cobertura arqueada da estação, parecendo acompanhar o grupo de pessoas que deixava a plataforma, mas na verdade não vendo nada senão a figura alta e graciosa da mulher que se afastava lentamente, a cabeça curvada, numa passada larga e deliberada, de graça e sensualidade incomparáveis. Uma vez ela se deteve a olhar para trás, então virou-se e afastou-se lentamente como antes.

De repente parou. Alguém, saído da multidão na plataforma, aproximara-se dela. Era um homem jovem. A mulher parou surpresa, levantou uma mão enluvada em sinal de protesto, preparou-se para continuar e, no momento seguinte, os dois estavam atracados num abraço selvagem, devorando-se em beijos apaixonados.

Quando o forasteiro voltou para o seu lugar, o moribundo, que já tinha deixado o corredor, entrado na cabine e recostado nas almofadas do assento, respirando ruidosamente, estava mais calmo, menos cansado. Por um momento o jovem olhou atentamente para aquele rosto adunco, aqueles olhos exaustos fechados, perguntando-se se aquele homem moribundo teria visto o encontro na plataforma da estação e o que aquilo significaria para ele. Mas a máscara da morte era enigmática, obscura. O jovem não achou ali nada que pudesse compreender. Um sorriso leve e luminoso estava vibrando nos cantos da estreita boca do homem, e seus olhos ardentes estavam abertos agora, mas fundos e distantes, e pareciam estar olhando, de uma profundeza inexprimível, para algo que estava muito longe. Num instante, num tom profundo e terno, ele disse:

— Aquela era minha esposa. Agora no inverno preciso ir sozinho, pois é o melhor. Mas na primavera, quando eu me recuperar, ela virá encontrar-se comigo.

Durante toda a tarde de inverno o grande trem atravessou velozmente a Bavária. Rápido e possante ele ganhava movimento, deixava para trás as últimas fronteiras da cidade e, ligeiro como os sonhos, o trem se precipitava sobre a planície ao redor de Munique.

O dia estava cinzento, o céu impenetrável e algo pesado, embora repleto de um vigor alpino, forte, límpido, daquela energia do ar frio da montanha, inodora mas estimulante. Em uma hora o trem tinha entrado na região dos Alpes; agora havia colinas, vales, a sensação imediata de altas cordilheiras, e o encantamento sombrio das florestas da Alemanha, aquelas florestas que são algo mais que árvores — que são sortilégio, magia, feitiço, enchendo os corações dos homens, e particularmente os de estrangeiros que têm algum parentesco racial com aquela terra, de uma música sombria, uma lembrança obsessiva, que jamais será totalmente apreendida.

É um avassalador sentimento de descoberta intuitiva e iminente, como o de homens que vão pela primeira vez ao país de seus pais. É como chegar naquela terra desconhecida, pela qual nossos espíritos anseiam tão apaixonadamente na juventude, que é o lado obscuro de nossa alma, o irmão estranho e o complemento da terra que conhecemos em nossa infância. É instantaneamente revelada a nós no momento em que a vemos com forte emoção carregada de total reconhecimento e descrenças com aquela realidade própria dos sonhos, cheia da estranheza e da familiaridade presentes nos sonhos e em todos os encantamentos.

O que será isso? O que será essa feroz e impetuosa alegria e tristeza crescendo em nosso coração? O que será essa lembrança que não conseguimos exprimir, essa contínua identificação para a qual não temos palavras? Não conseguimos falar. Não temos nenhum meio de dar voz a isso, nenhum testemunho organizado para comprová-lo, e o orgulho desdenhoso pode zombar de nós por essa tolice supersticiosa. Ainda assim, reconheceremos a terra misteriosa no momento mesmo em que lá chegarmos; e embora não tenhamos qualquer linguagem, qualquer prova, qualquer meio de expressar o que sentimos, temos o que temos, sabemos o que sabemos, somos o que somos.

E o que somos? Somos os solitários homens nus, os americanos perdidos. Céus imensos e ermos curvam-se em arco acima de nós, e dez mil homens estão marchando em nosso sangue. De onde vem isso, a fome constante e a lascívia dilacerante, e a música desconhecida e solene, élfica, mágica, soando pelas florestas? Como esse rapaz, que é americano, reconheceu essa terra estranha desde o momento em que a viu?

Como é que desde sua primeira noite numa cidade alemã ele entendeu a língua que nunca havia escutado antes, falou imediatamente, dizendo tudo o que queria dizer, num idioma estranho, que não conhecia, expressando-se num jargão esquisito, que não era nem seu nem deles, do qual ele nem ao menos era consciente, que mais parecia o espírito de uma língua, não as palavras, e que foi imediatamente, dessa forma, entendido por todos com quem ele conversou?

Não. Ele não poderia provar, embora soubesse que estava lá, fincado bem fundo na fervilhante obsessão da mente e do sangue do homem, o absoluto conhecimento sobre essa terra e sobre a gente de seu pai. Ele sentia tudo, a trágica e insolúvel mistura da raça. Reconhecia a terrível fusão da bestialidade com o espírito. Conhecia o inominável medo da velha floresta bárbara, o círculo de figuras animalescas e bárbaras reunidas à sua volta num anel lúgubre e espectral, a sensação de submergir aos horrores misteriosos da floresta num tempo inculto. Ele trazia tudo dentro de si, a gula e a lascívia obtusa do porco insaciável, bem como a obsessiva, estranha e poderosa música da alma.

Ele conhecia o ódio e as súbitas reações da besta nunca satisfeita — a besta com a cara de porco e a irreprimível avidez, a interminável fome, a mão grossa, lenta e cortante, que tateava com luxúria latente, brutal e insaciável. E ele odiava aquela besta enorme, com um ódio infernal e homicida, porque ele a sentia e reconhecia em si mesmo, e era ele próprio a presa de seus desejos dilacerantes, irreprimíveis e obscenos. Rios de vinho para beber, bois inteiros girando no espeto; e nas trevas da floresta, a tonitruante muralha de gigantescos corpos de bestas e ruído selvático ao redor dele, a carne abundante das enormes mulheres loiras, na orgia animalesca de toda-devoradora e insaciável pança da barriga balofa, sem limite, sem nunca se fartar — tudo estava misturado em seu sangue, sua vida, seu espírito.

Tudo lhe fora dado de certa forma a partir dos sombrios tempos de horror da floresta ancestral, juntamente com tudo que era sublime, glorioso, obsessivo, estranho e belo: o timbre rouco da cornucópia soando lânguido e élfico pelas florestas, os estranhos e infinitos entrelaçamentos, as densas mutações da velha, obsessiva e germânica alma do homem. Que cruel, frustrante, estranho e lamentável era o enigma da raça: o poder e a força do espírito incorruptível e sublime elevando-se da enorme besta corrompida, numa pureza tão radiante, e os poderosos encantamentos da música grandiosa, da preciosa poesia, tão lamentável e inalteravelmente tecidos e bordados com toda a irracional e animalesca fome da barriga e da besta. Era tudo seu, e tudo estava contido em sua única vida. E poderia, ele sabia, nunca mais ser extraído dele, não mais do que se podia ocultar da própria carne o sangue paterno, os ancestrais e imutáveis entrelaçamentos dos tempos incultos, E, por essa razão, quando pela janela do trem ele olhava agora para a mal assombrada e solitária terra alpina, sua neve e sua encantada floresta escura, tinha imediatamente uma sensação de reconhecimento familiar, a impressão de que sempre conhecera aquele lugar, que era seu lar. E alguma coisa misteriosa, selvagem, jubilosa e estranha estava exultando, crescendo em seu espírito, como uma dessas músicas grandiosas e obsedantes que se escuta em sonhos.

E agora, tendo sido travada uma relação amigável, o espectro, com a insaciável e possessiva curiosidade de sua raça, começou a importunar seu companheiro com inúmeras perguntas sobre sua vida, sua casa, sua profissão, a viagem que estava fazendo, o motivo daquela viagem. O rapaz respondia de pronto, e sem aborrecimento. Sabia que estava sendo implacavelmente sondado, mas a voz sussurrante do homem moribundo era tão persuasiva, amigável, meiga; tão cortês, simpática e insinuante era sua conduta; tão cativante e luminoso seu sorriso (marcado por uma ligeira, mesmo assim agradável, expressão de enfado) que as perguntas pareciam quase responder a si próprias.

O rapaz era americano, não era?... Era. E há quanto tempo estava fora... dois meses? Três meses? Não? Quase um ano! Tanto tempo assim! Então, gostava da Europa, não gostava? Era sua primeira viagem? Não? A quarta...? O espectro ergueu as sobrancelhas em expressivo espanto, e mesmo assim sua boca estreita e impressionável era o tempo todo marcada pelo ligeiro sorriso enfadado e cínico. Finalmente o rapaz tinha sido esgotado: o espectro sabia tudo sobre ele. Então, por um momento ficou encarando o rapaz, com seu sorriso ligeiro, luminoso, sutil e zombador, mesmo assim suave. Por último, cansado, paciente, e com aquela calma objetividade da experiência e da morte, ele disse:

— Focê ser muito jovem. Agorra focê querrer fer tudo e ter tudo... mas não ter nada. Ser ferdade, não ser? — perguntou, com seu sorriso persuasivo. — Isso ir mudar. Um dia focê ir querrer só um pouco... então talvez focê ter um pouco ... — E exibiu de novo seu sorriso luminoso e cativante. — E ser melhor assim, não ser? — Sorriu novamente e depois acrescentou, enfadado: — Eu saber. Eu saber. Eu mesmo, como focê, já ter ido em todo lugar. Tentar fer de tudo... e não conseguir fer nada. Agorra eu não ir mais. Todo lugar ser a mesma coisa — afirmou com enfado, olhando pela janela, fazendo um gesto de desprezo com a mão magra e branca. — Campos, colinas, montanhas, rios, cidades, pessoas... focê querrer conhecer tudo deles. Um campo, uma colina, um rio — o homem sussurrou — ser suficiente!

Ele fechou os olhos um instante; quando tornou a falar, seu sussurro era quase inaudível:

— Uma vida, um lugar, um tempo.

A escuridão chegou, e foram acendidas as luzes das cabines. Novamente aquele sussurro de vida terminal fazia ao rapaz seu pedido insistente, meigo e implacável. Dessa vez era para que fosse apagada a luz da cabine, enquanto o espectro esticava-se no assento para descansar. O rapaz consentiu de bom grado, e até mesmo contente: sua própria viagem já estava chegando ao fim; e lá fora a lua, que aparecera cedo, reluzia por sobre as florestas e neves alpinas com uma magia estranha, brilhante e assombrada, que dava à escuridão da cabine um pouco de sua luz fantasmagórica e misteriosa.

O espectro deitava-se esticado e tranquilo sobre as almofadas do assento, os olhos fechados, o rosto sombrio, no qual as duas flâmulas luminosas, de um vermelho ardente, apresentavam-se então com um matiz escarlate, estranho e impressionante sob a luz mágica, como a fisionomia adunca de algum pássaro grande. O homem mal parecia respirar: nenhum som ou movimento de vida era perceptível na cabine, a não ser o correr das rodas, o duro e constante ranger do vagão, e toda a sinfonia de sons evocativos, estranhos e familiares produzidos por um trem — aquela enorme monotonia sinfônica que em si é o som do silêncio e do eterno.

Por algum tempo envolvido pelo feitiço da luz e da hora mágica, o jovem olhava pela janela para o encantado mundo em branco e preto que, grandioso e singular, passava

87

rapidamente sob o assombrado e fantástico esplendor do luar. Finalmente ele se levantou, saiu para o corredor fechando cuidadosamente a porta atrás de si, e foi caminhando, vagão após vagão, atravessando todo o estreito corredor do trem veloz, até chegar ao vagão-restaurante.

Ali tudo era brilho, movimento, luxo, aconchego sensual e alegria. Toda a vida do trem parecia então concentrada naquele lugar. Os garçons, de andar seguro e hábil, moviam-se rapidamente por entre as mesas do vagão ligeiro, parando a cada uma para servir as pessoas da saborosa comida das grandes travessas que carregavam em bandejas. Atrás deles o *sommelier* desarrolhava grandes garrafas geladas de vinho do Reno: prendia a garrafa entre os joelhos enquanto puxava a rolha, que saía num pipoco engraçado e era então jogada numa pequena cesta.

Numa mesa, uma mulher bonita e sedutora comia acompanhada por um senhor de aparência estafada. Em outra, um alemão enorme e de físico vigoroso, colarinho de ponta virada, cabeça raspada, uma grande cara suína e uma fronte de pensamentos solitários e nobres, lançava um olhar concentrado, de gula selvagem, para a travessa de carne de que o garçom lhe servia. Ele falava num tom gutural e lascivo, dizendo: *"Ja!.. Gut!... und etwas von diesem hier auch..."*.

A cena era de requinte, pujança e luxo, despertando assim o gosto por uma viagem num luxuoso expresso europeu, que é diferente do sentimento que se tem quando se viaja num trem americano. Nos Estados Unidos, o trem desperta na pessoa um sentimento de alegria arrebatada e solitária, uma sensação da selvagem, escancarada e ilimitável imensidão do país através do qual o trem corre, uma esperança muda e inexprimível, quando se pensa na cidade encantada em direção da qual se vai a toda velocidade; a desconhecida e fabulosa promessa de vida que se vai encontrar lá.

Na Europa, o sentimento de alegria e prazer é mais real, sempre presente. Os trens luxuosos, o mobiliário suntuoso, os marrons de tom forte, os azul-escuros, as novas, bem combinadas e vívidas cores dos vagões, a boa comida e a aparência cosmopolita dos passageiros — tudo isso enche a pessoa de uma alegria voluptuosa e intensa, uma sensação de expectativa prestes a ser concretizada. Em algumas horas vai-se de um país a outro, através de séculos de História, um mundo de cultura acumulada, e nações inteiras fervilhando de gente, de uma a outra famosa cidade maravilhosa.

Em vez da alegria arrebatada e da inominável esperança que se sente ao se olhar pela janela de um trem americano e ver a solitária, selvagem e ilimitada terra que passa rápida, calma e imperturbável como a fisionomia do tempo e da eternidade, em vez disso sente-se aqui (na Europa) uma inacreditável alegria de realização, uma imediata e voluptuosa satisfação, uma sensação de que nada há na Terra além de riqueza, poder, luxo e amor, e de que se pode viver e aproveitar essa vida, em todas as infinitas variedades de prazer para sempre.

Quando o rapaz terminou de comer, pagou a conta e voltou a caminhar corredor após corredor por toda a extensão do trem veloz. Ao chegar em sua cabine viu o espectro deitado lá, conforme o deixara, esticado sobre o banco, com o luar reluzente ainda cintilando em seu rosto adunco.

O homem não mudara de posição sequer um centímetro, mesmo assim o rapaz logo notou alguma mudança sutil e fatal, que não conseguia definir. O que era? Sentou-se de novo em seu lugar e por algum tempo ficou olhando fixamente para a figura silenciosa e fantasmagórica à sua frente. Será que ele tinha respirado? Pensou — tinha quase certeza ter — visto o movimento da respiração, o elevar-se e abaixar-se do peito emaciado, mas não estava seguro. Contudo, o que ele então viu claramente foi que um filete escarlate, escurecido pelo matiz do luar, escorrera pelo canto da boca firmemente cerrada, e que havia uma grande mancha escarlate no chão.

O que deveria fazer? O que poderia ser feito? O assombrado clarão do luar fatal parecia ter embebido sua alma na misteriosa feitiçaria, no encantamento de uma calma desmedida e inerte. Mas o trem já estava diminuindo a velocidade, as primeiras luzes da cidade apareceram, era o fim de sua viagem.

Não seria bom deixar todas as coisas no silêncio em que as encontrara, enfim? Não será possível que nessa grande ilusão de tempo em que vivemos, e de que somos os fantasmas em movimento, não haja maior certeza que esta de que, por termos nos encontrado, nos falado, nos conhecido por um momento — enquanto em algum lugar da terra éramos arremessados rumo à escuridão entre dois pontos do tempo — de que portanto é conveniente satisfazermo-nos com isso, deixarmos um ao outro como nos encontramos, permitindo que cada um siga sozinho para onde aponta seu destino, seguros apenas disto, exigentes apenas disto: de que haverá silêncio para todos nós e silêncio apenas, nada além do silêncio enfim? E agora o trem diminuía a velocidade até parar. Fez-se a sinalização dos trilhos, as luzes acenderam-se no pátio de manobras, pequeninas, brilhantes e fortes, verdes, vermelhas e amarelas, penetrantes na escuridão; nas outras linhas férreas ele podia ver os pequenos comboios de carga e as fileiras de trens escurecidos, todos vazios, melancólicos, e esperando numa estranha polidez de vida moderna. As longas plataformas da estação começaram a passar lentamente pelas janelas do trem, e os carregadores robustos e grosseiros chegavam correndo, acenando ansiosos, falando, chamando as pessoas no trem, elas que já tinham começado a lhes passar as bagagens pelas janelas.

Suavemente o rapaz pegou seu sobretudo e sua valise no maleiro acima de sua cabeça, e saiu para o corredor estreito. Tranquilamente empurrou a porta da cabine atrás de si, fechando-a. Na semiescuridão da cabine, a figura espectral do cadáver estava deitada sobre as almofadas, não se mexia. O trem já tinha parado completamente. O rapaz desceu o corredor até o fim e, num instante, sentindo o revigorante bafejo de ar frio em seus pulmões, estava percorrendo a plataforma com mais cem pessoas, todas se movendo na mesma direção, algumas rumo à segurança e ao lar, outras rumo a uma nova terra, à esperança e ao desejo ardente, à soberba presciência da alegria, à promessa de uma cidade esplendorosa. Ele sabia que um dia iria para casa de novo.

O sino relembrado

I

Parece-me certas vezes que toda a minha vida foi assombrada pelo badalar do sino do Tribunal de Justiça. O sino do tribunal participa de quase todas as lembranças que tenho de minha juventude; bate turbulento, em ondas de som que recuam e avançam pelos dias tempestuosos de outono; e na subitaneidade arrojada e abrupta da primavera, na folha de abril e no verde de maio, o sino do tribunal também está presente com sua primeira badalada, emitindo uma vibração de bronze às assombrosas solidões de junho, penetrando no farfalhar de uma folha, sombras de nuvens passando pelas colinas perto de casa, falando ao amanhecer com seu alerta de comparecimento-ante-o-tribunal; abalando o torpor modorrento da tarde com um "ante o tribunal de novo".

Era um bramido rápido, a plenos pulmões; uma badalada ligeira batendo no encalço do som; seu badalo de bronze, sua batida rápida e dura, tudo era exatamente igual, eu sabia, mesmo assim o ritmo constante da badalada transmitia-se para meu coração, meu cérebro, minha alma e as pulsações de meu sangue com todas as exaltadas e insensatas perturbações do destino e do pecado do homem. Nunca ouvi o sino — quando garoto — sem uma ligeira aceleração do pulso, um aperto seco e brusco na garganta, um leve alento entorpecido de profunda emoção, ainda que eu nem sempre soubesse a causa. Mesmo assim, de manhã, na manhã reluzente, na primavera, ele parecia falar-me do dia a dia, dizer-me que o mundo já estava ocupado, precipitando-se para o ruidoso tráfego do pleno meio-dia. E depois, de tarde, ele falava por badaladas diferentes; com sua exigência por ação, quebrava a modorrenta quietude do repouso sonolento; falava a corpos adormecidos na calidez do meio-dia, e dizia-nos que devíamos interromper abruptamente nossa sesta langorosa; falava a estômagos intoxicados de comida pesada, empanturrados de nabiças e milho, vagem e carne de porco, biscoitos quentes e torta de maçã quente; e nos dizia que era hora de arregaçarmos nossas mangas puídas e trabalharmos, que a vontade e o caráter do homem devem ser superiores a sua barriga, que o trabalho prosseguia, e que a noite ainda não chegara.

Outra vez pela manhã ele falaria de ação cível; de homens em juízo e do litígio de um processo; seu tom era cheio de mandados e intimações e apresentações e patrocínios de causa; às vezes seu badalo rápido e duro bradava então: "Apresente-se!"

— Apresente-se, apresente-se, apresente-se apresente-se apresente-se apresente-se apresente-se, apresente-se apresente-se apresente-se!

Ou:

— Sua propriedade é minha... é minha... é minha... é minha!
Ou, outrossim, estridente e peremptório, obstinado, inexplicado:
— Deve comparecer ante o tribunal – ante o tribunal – ante o tribunal – ante o tribunal – ante o tribunal – ante o tribunal – ante o tribunal.
Ou, mais rude ainda e mais peremptório, simplesmente:
— Tribunal – tribunal – tribunal – tribunal – tribunal – tribunal – tribunal – tribunal – tribunal...
De tarde, o sino do Tribunal de Justiça falava de penalidades mais fatais: assassinatos em julgamento, morte na atmosfera acalorada, um miserável montanhês estúpido e indiferente sentado no banco dos réus, uma centena de pares de olhos vorazes em cima dele, e o homem ainda meio sem saber o que fez; o súbito soluço do assassino, feito sangue e sufocando na garganta, o sol se pondo manchado de sangue aos olhos de todos, a sensação e o gosto de sangue por todo canto, no ar quente, na língua e na boca, atravessando a superfície do sol com todo o brilho do dia extinto — e então a badalada súbita, e o dourado sol da aurora voltando, uma figura de nuvem que passa por sobre o verde maciço da encosta de uma montanha, o zangarreio do pio de pássaros silvestres por todo canto, repentino e recôndito, como um projétil no deserto, a cosedura e a lengalenga modorrentas das três horas da tarde percorrendo o capim áspero e úmido dos campos de margaridas, e a energia vital de um homem assassinado infiltrando-se lentamente diante dele por

um insuspeitado palmo de terra familiar no prado da montanha (tudo tão repentino, imprevisto e acidental assim, tudo acontecendo tão repentinamente quanto eram repentinos os zangarreios numa floresta), e o homem ignorante do motivo por que fez aquilo. Depois o banco do réu, duzentos olhos vorazes em cima dele, um animal atordoado preso nas armadilhas de aço da lei, e o sino do tribunal golpeando o torpor da tarde quente com o rude imperativo de seu mandado implacável:
— À morte à morte à morte à morte à morte à morte...
— E depois, simplesmente: — matar matar matar matar matar matar matar matar matar...

II

Às vezes eu me pergunto se as pessoas de uma geração mais jovem e mais urbana se dão conta de como o sino do Tribunal de Justiça, o tribunal do interior, moldava a vida e o destino nos Estados Unidos de sessenta anos atrás. Para nós em Libya Hill, de todo modo, era o centro da vida de toda a comunidade, o centro da própria comunidade — pois Libya Hill era primeiramente um tribunal do interior, e só depois uma cidade; uma cidade que cresceu em volta do tribunal, construiu uma praça e se espalhou ao longo das estradas que levavam aos quatro cantos da Terra.

E para os camponeses da vizinhança, mais ainda do que para as pessoas que moravam na cidade, o tribunal era o centro de suas vidas, mais importante para eles do que para nós. Vinham à cidade para comerciar e escambar mercadoria — vinham à cidade comprar e vender, mas quando o trabalho terminava, era sempre para o tribunal que eles se voltavam.

Quando o tribunal estava reunido, podia-se sempre encontrá-los lá. Lá estariam suas mulas, seus cavalos, suas juntas de bois e seus carroções de toldo de lona; ali se davam suas relações sociais, a vida pública; ali estavam seus julgamentos, seus processos e suas penalidades; ali acontecia a conversa fiada sobre estupro, lascívia e assassinato; todo o contorno e o padrão de suas vidas, a fisionomia, a impressão, o gosto, o cheiro da vida deles.

Ali parecia-me estar, em resumo, a estrutura da América; o abismo entre o que pregamos e o que realizamos, o grão de nossos acertos e a montanha de nossos erros. Não apenas nas vidas, nas vozes e na pessoa daqueles camponeses, daqueles montanheses rudes, que se sentavam, cuspiam e vadiavam pelas escadarias do tribunal, mas no próprio desenho, no próprio formato e no próprio conjunto do edifício do tribunal aparecia a estrutura desta nossa vida. Ali, na fachada pseudogrega, com seu frontispício de colunas de reboco grosseiro tentando imitar pedra, bem como nas dimensões altas e quadradas da sala de julgamento, no assento do juiz, no banco dos réus, no banco das testemunhas, na mesa do advogado, na área balaustrada para participantes, nos bancos dos espectadores atrás, nas bandeiras do Estado e da nação cruzadas, e na gravura em aço de George Washington — em toda essa mobília oficial havia um certo esforço para manter a pompa da mais alta autoridade, a execução honrada e imparcial da lei.

Mas, ora, a execução imparcial da lei — assim como o desenho e a estrutura do próprio tribunal — não estava livre de erro, e nem sempre era justa. Não raro verificava-se, após inspeção, que as imponentes colunas dóricas e coríntias não passavam de simples sarrafo com tijolo e reboco tentando imitar pedra. E não obstante o próprio tribunal tentasse ter pretensões a uma austeridade clássica, suas janelas altas e sombrias estavam geralmente imundas; não obstante o efeito de elegância ática que a fachada grandiosa pudesse exercer sobre o lento raciocínio do homem do campo, os corredores largos e escuros eram cheios de correntezas de ar, de ventilação, de assoalhos que rangiam, de escadarias que estalavam, do sinistro gotejar de uma torneira invisível.

E o cheiro do tribunal era também como o cheiro do pavor, do crime e da justiça nos Estados Unidos — uma espécie de essência de nossa vida, uma espécie de suor do nosso corpo, uma espécie de substância que é exclusiva e inconfundivelmente nossa; o cheiro do Tribunal de Justiça desta terra.

Era (para adentrar em sua química básica) primeiramente um cheiro de suor, de essência de tabaco, e de urina — um cheiro de azedume de corpos, pés, de mictórios entupidos e latrinas avariadas. Misturado e sutilmente contraposto a todos estes, era um cheiro de desinfetante de alcatrão, uma espécie de lima com alume, um forte cheiro de amoníaco. Era um cheiro de velhos saguões escuros e de velhos assoalhos gastos, cheiro de porões, cheiro fresco, carregado, úmido e mofado. Era um cheiro de velhas cadeiras gastas, cujos assentos rangiam; um cheiro de madeira exsudada e superfícies encardidas, um cheiro de braços de cadeiras desgastados, de encostos de bancos desgastados, de espaldares, de encostos de balcões, de escrivaninhas e de mesas desgastados; um cheiro tal como se cada centímetro do madeiramento interno do edifício tivesse sido lubrificado, abafado, embaciado, encardido e polido pelo corpo humano.

Além de tudo isso, era um cheiro de couro roçado por nádegas, um cheiro de pele de bezerro desgastada por milhões de polegares, cheiro de papéis amarelados e tinta preta; era um cheiro de chancas, de mangas de camisa, macacões, suor e feno e manteiga; e era uma espécie de excitante cheiro de giz, de punhos engomados crepitando, do interminável crepitar de papéis secos, do estalar de juntas e dedos ressecados, do seco esfregar de mãos sujas de giz branco; um cheiro da goma e da casemira fina do advogado do interior.

E, ah, muito mais que isso, que tudo isso, era um cheiro de fascinação e pavor, um cheiro de pulso palpitando, de coração batendo e de aperto sufocante e seco na garganta; era um cheiro composto de todo o ódio, horror, medo, asco, e de toda a rabulice que o mundo já pôde conhecer, um cheiro composto da intolerável angústia dos nervos, do coração, do cérebro e do vigor do homem; do sofrimento e da loucura da alma perjura do homem enredada em trapaça — todo um enorme cheiro de violência e crime e assassinato, de embuste chicaneiro e fé perdida; era um leve cheiro de justiça, imparcialidade, verdade e esperança no enorme amontoado da fedentina de pecado, paixão, culpa, suborno e erro.

Era, em resumo, a América — a América vastidão, imensidão esparramada, América caótica e criminal; era a América assassina encharcada em sangue assassino, América torturada e sem objetivo; América selvagem, cega e louca, demolindo, através de suas leis mesquinhas, sua presunção deplorável; a América com todas as suas esperanças quase desesperadas, suas crenças quase falsas; a América que carrega a enorme praga de seu próprio erro, a promessa quebrada de seu sonho perdido e de seu desejo não realizado; e era também a América com suas profecias não proferidas, sua língua não descoberta, sua canção não pronunciada; e exatamente por todas estas razões era para todos nós nossa própria América, com todo o seu horror e pavor, toda a sua beleza e ternura, com tudo o que sabemos dela que nunca foi evidenciado, que não foi jamais expressado — a única que conhecemos, a única que há.

III

Acho que meu interesse pelo Tribunal de Justiça e pelo sino do tribunal era um interesse duplo; o som daquele grande sino de bronze não pontuou apenas quase toda a experiência de minha juventude, pontuou também quase toda a lembrança que tenho de meu pai. Ele se tornara juiz do tribunal itinerante alguns anos depois da guerra, e todo o relato de sua vida nesse período poderia ser narrado através do bater do sino. Quando o sino tocava, havia sessão do júri e meu pai estava na cidade; quando o sino não tocava, não havia sessão do júri, e meu pai estava presidindo o tribunal em alguma outra cidade.

Além do mais, quando o sino começava a tocar, meu pai estava em casa; e antes que o sino acabasse de tocar, ele estava a caminho do tribunal. A cerimônia da partida dele era sempre a mesma; suponho tê-la assistido umas mil vezes sem que mudasse ou variasse um milímetro sequer. Ele chegava em casa à uma hora da tarde, almoçava num silêncio preocupado, raramente falando, provavelmente pensando no caso que estava julgando no momento. Depois do almoço, entrava em seu gabinete, estendia-se no velho sofá de couro e tirava uma soneca de quarenta e cinco minutos. Eu sempre o observava enquanto ele tirava essa breve sesta; dormia com um lenço aberto sobre o rosto, deixando visível apenas o topo de sua cabeça calva. Frequentemente essas sonecas produziam roncos de proporções formidáveis, e o grande lenço inflava sob a rajada como uma vela ao sabor do vento.

Entretanto, não importando quão profundos aqueles cochilos parecessem ser, ele sempre haveria de se levantar à primeira badalada do sino do tribunal, arrancando o lenço do rosto e sentando-se todo empertigado, com uma expressão de surpresa intensa e quase espantada em seu rosto avermelhado e seus olhos azuis:

— Eis aí o *sino*! — ele exclamava, como se fosse a última coisa no mundo que esperasse. Depois levantava-se, ia mancando até a escrivaninha, enfiava papéis, súmulas e documentos na velha pasta, socava na cabeça o velho chapéu amassado, de abas largas e caídas, e percorria o hall mancando pesadamente, até onde minha mãe estava ocupada com suas costuras na sala de estar.

— Já estou indo! — ele anunciava num tom que parecia transmitir uma espécie de aviso súbito e surpreendente. Ao que minha mãe não emitia qualquer resposta, e continuava placidamente seu tricô, como se vivesse esperando por aquela surpreendente informação o tempo todo.

Então meu pai, depois de olhar fixo para ela um instante, confuso e indeciso, saía mancando pelo hall, parava a meio caminho, voltava mancando até a porta aberta, e definitivamente gritava:

— Eu disse que já vou *indo*!

— Está bem, Edward — minha mãe respondia placidamente, ainda ocupada com as agulhas. — Eu ouvi.

Daí meu pai novamente lançava-lhe um olhar penetrante, meio desconcertado e espantado, até enfim soltar:

— Quer alguma coisa da cidade?

Por um momento minha mãe não dizia nada, mas erguia a agulha na direção da luz e, apertando os olhos, enfiava a linha.

— Eu perguntei... — meu pai gritava, como se estivesse se dirigindo a alguém no topo de uma montanha: — *você – quer – alguma – coisa – da – cidade*?

— Não, Edward — mamãe logo respondia, na mesma placidez enlouquecedora. — Acho que não. Não está faltando nada em casa.

Diante dessas palavras, papai olhava para ela fixamente, a respiração pesada, um olhar de indecisão e surpresa desconcertada. Depois ele se virava abrupto, resmungando:

— Bom, até, então — E saía mancando pelo hall em direção à escada, e atravessava o quintal, impetuosa e rapidamente; e era esta a última imagem que eu veria de meu pai até o anoitecer: um homem atarracado, de rosto avermelhado, cabeça calva, uma velha pasta de documentos amassada debaixo do braço, mancando pela rua irregular de uma cidadezinha do Sul, sessenta anos atrás, enquanto o sino do tribunal soava sua badalada dura e rápida.

Eu tinha ouvido meu pai dizer que, fora um campo de batalha, uma sala de tribunal podia ser um dos lugares mais estimulantes do mundo; que a maior oportunidade para se observar a vida e o caráter humanos estava na sala de um tribunal; e acho que ele estava certo. Quando um caso interessante estava sendo julgado, ele às vezes me levava consigo; vi e ouvi muita coisa maravilhosa e fascinante, muita coisa brutal e revoltante também; mas por volta dos meus quinze anos eu não só já estava bastante familiarizado com os procedimentos de um tribunal como já vira homens cuja vida estava em julgamento; a terrível e sensacional aventura da perseguição e da captura; os astuciosos esforços das raposas da lei para derrubar provas, arrancar confissões, ludibriar, apanhar em ciladas — os cães correndo e a caça encurralada; também assisti a julgamentos por tudo quanto é tipo de coisa: por roubo, assalto e furto; por extorsão, incêndio culposo, estupro, cobiça e furto de pouca monta; por culpa da pior espécie e por inocência perjura — toda a paixão, culpa e astúcia, todo o capricho e amor, toda a fidelidade, toda a imoralidade, ignorância, todo o triunfo ou fracasso; toda a dor e satisfação que o mundo pode conhecer, ou de que é passível a vida de um homem.

Embora a casa de meu pai na rua College ficasse a apenas alguns quarteirões do tribunal na praça — tão perto, na verdade, que ele conseguia estar lá antes que o sino encerrasse seu badalar de bronze —, naquela época era possível passarmos por grande parte de toda a população da cidade no decorrer daquela pequena jornada. A mim parecia-me realmente, toda vez que eu o acompanhava, que nós *falávamos* com a cidade inteira; cada passo de nosso caminho era marcado por alguém a cumprimentá-lo com um "Olá, general", ou "Bom dia, general", ou "Boa tarde" (fora do tribunal todos o chamavam de general); e pelas breves respostas de meu pai, resmungadas enquanto ele prosseguia, mancando: "Oi, Ed"; "Dia, Jim"; "Dia, Tom".

Ele era um bom caminhante, apesar de coxo; e, quando estava com pressa, conseguia percorrer rapidamente aquela distância — tão rápido, na verdade, que eu era obrigado a esticar meus cambitos para manter-me à frente dele.

Ao chegar ao tribunal, éramos cumprimentados pelo costumeiro e indescritível aglomerado da gente do interior com sua fala arrastada, por montanheses mascadores de fumo, e por simples vagabundos que faziam da varanda, das escadarias e das paredes do velho tribunal cor de tijolo, seu clube, seu abrigo, sua parada, sua residência fixa, e quase, ao que me parecia, seu lugar de repouso final — certamente alguns deles eram, numa frase de meu pai, "tão velhos quanto

Deus", e estavam sentados nas escadarias do tribunal, ou encostados nas paredes do edifício há mais tempo do que a maioria de nós era capaz de se lembrar.

O principal entre aqueles velhos filhos do ócio — acho que ele era, por um consentimento tácito, considerado o chefe deles — era o venerável e velho réprobo geralmente chamado, às escondidas, de Olh' Aqui. Meu pai é que tinha dado a ele esse apelido que pegou para sempre então, principalmente por sua extraordinária adequação. O verdadeiro nome do velho Olh' Aqui era Slagle; embora ele chamasse a si próprio de major Slagle, e fosse geralmente tratado de major por seus familiares, amigos e conhecidos, o título era autoconferido, e não tinha nenhum outro fundamento nos fatos ou na realidade.

O velho Olh' Aqui tinha sido soldado na guerra; além de ter perdido uma perna, sofrera um notável ferimento que lhe merecera o irreverente e petulante apelido de Olh' Aqui. Era um buraco no céu da boca "grande o bastante para que se enfie a mão fechada por ele", na própria descrição de Olh' Aqui para suas dimensões, resultado de um extraordinário ferimento por estilhaços de granada, que tinha miraculosamente lhe poupado a vida, mas que infelizmente tinha danificado sua capacidade de fala. Acho que ele foi um dos homens mais obscenos, profanos e de mente suja que já conheci ou de que ouvi falar; além de tudo, suas obscenidades eram proferidas num falsete alto e dissonante, seguido de uma gargalhada fendida, que se espalhava por quarteirões e era facilmente ouvida por quem estivesse a cem metros de distância.

Ele era, se tanto, mais orgulhoso daquele grande buraco em sua boca do que de sua perna de madeira; era mais grato àquilo do que seria à escolha para a Legião de Honra, à condecoração da Cruz de Vitória, ou a ter vencido uma famosa batalha. O buraco no céu de sua boca tornou-se não somente a justificativa e a razão suficiente para seu direito à vida; tornou-se a justificativa para seu direito à vagabundagem. Além disso, o buraco não só justificava-o em tudo o que ele pensava, sentia ou fazia; aparentemente Olh' Aqui percebia também que o buraco atribuía a todos os seus atos e ditos uma espécie de autoridade sagrada e inspirada, uma precisão divina e indiscutível. E se alguém tivesse o atrevimento — era presunçoso o suficiente — de questionar qualquer uma das opiniões de Olh' Aqui (suas opiniões eram incessantes e abarcavam o universo) em história, política, religião, matemática, criação de porcos, cultivo de amendoim ou astrologia, que se preparasse para ser prontamente, impiedosamente, totalmente subjugado, derrotado, aniquilado, imediatamente posto em seu lugar pela instante e infalível autoridade do principal "sistema de coordenadas" do velho Olh' Aqui: o enorme buraco no céu de sua boca.

Não importava qual era o assunto, qual era a ocasião, qual a discussão; o velho Olh' Aqui era capaz de argumentar que preto era branco, que alto era baixo, que a Terra era achatada em vez de redonda — qualquer que fosse a posição dele, o que quer que ele dissesse estava certo, estava certo porque ele dissera, porque um homem que tinha um grande buraco no céu da boca não poderia nunca, *sequer em sonho*, estar errado sobre nada.

Nessas ocasiões, quando quer que ele fosse questionado ou contrariado sobre qualquer coisa, todo o seu comportamento mudava num piscar de olhos. Apesar de perneta, ele saltava de sua velha cadeira de taliscas ligeiro como um macaco, e com tanta raiva que sublinhava cada palavra enfiando na terra a cavilha de sua perna de pau, numa ênfase violenta. Depois, arreganhando sua boca horrível a tal ponto que era de se perguntar como conseguiria fechá-la de novo, exibindo alguns velhos caninos amarelados, apontava com um dedo entrevado o buraco enorme, e numa voz rachada e alta, que estremecia de violência, gritava:

— Olha aqui!

— Eu sei, major, mas...

— *Você* sabe? — o velho Olh' Aqui escarnecia. — Do que é que *você* sabe, meu chapa! Um miserável dum atrevidozinho que não sabe *nada*, tentando ensinar a um homem que atravessou toda a Virgínia de um lado a outro, e que tem um buraco no céu da boca grande o bastante pra você enfiar sua mão fechada nele... *Você* sabe! — ele gritava. — O que é que *você* sabe? Olha aqui!

— Tudo bem, estou vendo o buraco, tudo bem, mas a questão era se a Terra é redonda ou achatada, e *eu* digo que é redonda!

— *Você* diz que é redonda — Olh' Aqui zombava. — O que é que *você* sabe sobre isso, meu chapa... um coitado dum tampinha atrevido que *não sabe de nada?*... Como é que você sabe se é redonda ou achatada?... Você nunca *foi* a lugar nenhum... nunca *viu* coisa nenhuma... e nunca esteve a mais de dez quilômetros de casa em toda a sua *vida!*...

querendo agora ensinar a um homem que atravessou toda a Virgínia de um lado a outro, e que tem um tamanho buraco no céu da boca que você pode enfiar sua mão fechada dentro dele... Olha aqui! — E ele perversamente enfiava sua perna de pau na terra, arreganhava ao máximo a mandíbula e apontava, com a mão entrevada e triunfante, para a desculpa do buraco.

Por outro lado, quando não estava sendo contrariado, o velho Olh' Aqui era bastante afável, capaz de conversar ininterruptamente, interminavelmente com qualquer um que quisesse ouvir, que tivesse tempo disponível ou inclinação para ouvir anedotas sem fim sobre as experiências de Olh' Aqui na guerra, na paz, com cavalos, bebida, negros, homens e mulheres, especialmente com mulheres; suas pretensas relações com o sexo feminino eram narradas de modo lúbrico, numa voz alta e rachada, marcada por dissonantes explosões de riso obsceno, ouvido a várias centenas de metros.

Meu pai detestava-o; Olh' Aqui representava tudo o que meu pai mais odiava: indolência, ignorância, imundície, libertinagem e veteranismo profissional; mas ódio, amor, asco, raiva ou desprezo não bastavam para ter eficácia sobre Olh' Aqui; ele era uma maldição, um fardo, um motivo de agonia calada, mas estava ali em sua cadeira de taliscas, na varanda do tribunal, e estava ali para ficar; um fardo a ser carregado e tolerado.

Embora, quando estava bravo ou fora contrariado por alguém, o velho Olh' Aqui conseguisse pular de sua cadeira tão ágil quanto um macaco, ao cumprimentar meu pai tornava-se o veterano idoso e enfraquecido, mutilado por ferimentos, mas decidido a fazer uma saudação adequada e respeitosa a seu ilustre chefe.

Quando meu pai se aproximava, o velho Olh' Aqui, que estava a regalar sua audiência mascadora de fumo com longas histórias sobre como "nós pegamos eles... pegamos eles de uma ponta a outra da Virgínia — Olh' Aqui parava subitamente de falar, inclinava sua cadeira para a frente, colocava as mãos entrevadas nos braços da cadeira, e aferrava-se frenética e inutilmente ao chão com seu toco de perna de pau, o tempo todo balbuciando e grunhindo, e quase soluçando para tomar fôlego, como um homem no último estertor de sua força, mas resolvido a viver ou morrer a qualquer custo.

Então ele fazia uma pausa e, ainda ofegando violentamente, arquejava numa voz dissimulada pela hipocrisia e a humildade fingida:

— Rapazes, tenho vergonha de pedir ajuda, mas acho que sou obrigado! Aí vem o general e eu *preciso* me levantar sobre meus próprios pés; algum de vocês me dá uma ajuda?

É claro que uma dúzia de mãos prestativas e complacentes estavam imediatamente disponíveis; elas puxavam e levantavam o velho Olh' Aqui. Ele cambaleava como bêbado e agarrava-se freneticamente ao chão com sua perna de pau, num esforço para equilibrar-se, procurando o apoio de vários ombros nesse esforço de readquirir o equilíbrio; e depois, devagar, num zelo imponente, fazia a continência, a mais aparatosa e magnífica continência que já se viu, a continência de um veterano da Velha Guerra cumprimentando o Imperador em Waterloo.

Algumas vezes eu temia que meu pai fosse estrangulá-lo. O rosto de papai ficava vermelho da cor de um tomate grande e muito maduro; as veias de sua testa e de seu pescoço largo ficavam dilatadas como um cordel de chicote; seus grandes dedos apertavam-se convulsivamente contra as palmas das mãos, enquanto ele encarava Olh' Aqui; depois, sem nenhuma palavra, ele se virava e entrava mancando no tribunal.

Para mim, entretanto, o comentário dele em certa ocasião, embora breve, foi violento e significativamente explosivo.

— Eis aí outro de seus famosos veteranos — ele resmungou. — Quatro anos na guerra e quarenta anos de estorvo. É mesmo um ótimo veterano para você.

— Bom — eu protestei —, mas o homem tem uma perna de pau.

Papai parou abrupto, encarou-me, seu rosto quadrado dolorosamente enrubescido enquanto ele me olhava com o olhar sério e estranhamente juvenil de seus olhos azuis:

— Escute aqui, rapaz — disse, muito calmo, e me deu um tapinha no ombro, com uma convicção de caráter peculiar e por demais intenso. — Escute aqui, uma perna de pau não é desculpa para *nada*!

Eu olhei para ele, muito perplexo para dizer qualquer coisa e sem saber que resposta dar ao que me parecia ser uma das observações mais extraordinárias e sem sentido que eu já ouvira.

— Lembre-se do que estou lhe dizendo — ele afirmou.

— Uma perna de pau não é desculpa para nada!

Então, com o rosto muito corado, ele se virou e entrou mancando pesadamente no tribunal, e rápido, deixando-me ainda a olhar fixo, num espanto boquiaberto, para suas costas largas.

IV

Um dia, cerca de seis meses depois dessa conversa com meu pai, eu estava no gabinete dele, lendo uma narrativa da batalha de Spottsylvania escrita por um dos generais que estiveram presentes na luta, sob o comando de Hancock. Eu tinha acabado de ler sua descrição sobre os dois primeiros movimentos daquela batalha sangrenta — a saber, o ataque de Hancock à posição confederada e o emocionante contra-ataque de nossas tropas —, e estava lendo então as passagens que descreviam o movimento final, o combate corpo a corpo travado pelas forças dos dois Exércitos sobre a barragem de terra; uma luta tão selvagem e prolongada que, nas palavras daquele oficial, "quase cada centímetro da terra sobre a qual eles lutavam tingiu-se do vermelho de sangue". De repente, cheguei nesse trecho:

Houve outras batalhas da guerra em que mais tropas estavam envolvidas, onde as perdas foram maiores, e as operações conduzidas em escala mais ampla; na minha avaliação pessoal, porém, nunca houve nos tempos modernos um combate tão selvagem e destruidor quanto o corpo a corpo travado de um lado a outro sobre a barragem de terra em Spottsylvania, nas horas finais da batalha. Os homens de ambos os Exércitos lutaram corpo a corpo, com unhas e dentes; as tropas de ambos os lados estavam no alto da barragem atirando a queima-roupa nos rostos do inimigo, constantemente recebendo novos mosquetes dos camaradas lá embaixo. Quando um homem caía, outro surgia para assumir seu lugar. Ninguém foi poupado — de soldado raso a capitão, de capitão a comandante de brigada; vi oficiais generais lutando no auge da batalha, ombro a ombro com os homens de suas fileiras; entre outros, vi Mason no meio de seus montanheses, atirando e recarregando até ser ele próprio atingido e carregado por seus homens, a perna direita tão esmagada por uma bala Minié que a amputação era imperativa...

Alguma coisa embaçou e atravessou meus olhos, e de repente todo o dourado e toda a poesia desapareceram daquele dia. Levantei-me e saí do gabinete, atravessei o hall, segurando o livro aberto nas mãos.

Quando cheguei à sala, olhei e vi minha mãe lá; ela ergueu os olhos calmamente, depois olhou-me ligeiro, surpresa, e levantou-se, colocando sobre a mesa seus apetrechos de costura.

— O que foi? O que aconteceu com você?

Aproximei-me dela, com bastante firmeza, acho.

— Esse livro — eu disse, mostrando-lhe a página e apontando para o lugar. — Leia o que está escrito aqui...

Ela pegou rapidamente o livro e leu. Devolveu-me num minuto; seus dedos tremiam um pouco, mas ela falou calma:

— E então?

— O que o livro diz... é sobre papai?

— É — ela respondeu.

— Então — perguntei, encarando-a lentamente e engolindo em seco —, isso significa que papai...

Daí vi que ela estava chorando; colocou os braços em volta de meus ombros e disse:

— Seu pai é tão orgulhoso... ele não contaria a você. Não suportaria que seu filho o tomasse por um aleijado.

Então descobri o que ele tinha querido dizer.

Um aleijado! Cinquenta e tantos anos já se passaram desde então, mas cada vez que a lembrança retorna, minha vista embaça, e alguma coisa aperta minha garganta, e o dourado e a poesia extinguem-se do sol, como aconteceu naquele dia perdido de primavera, há muito, muito tempo. Um aleijado... ele, um aleijado!

Vejo sua cabeça calva e seu rosto vermelho, sua figura atarracada coxeando pesadamente para o tribunal... e escuto a batida dura e ligeira do sino... e me lembro de Olh' Aqui, dos vagabundos do tribunal e das pessoas que passavam... dos julgamentos, dos advogados e dos homens acusados... dos generais indo a nossa casa como iam durante toda a década de 1880... das coisas sobre as quais conversavam e da magia que traziam... do meu coração ingenuamente embriagado de sonhos de guerra e glória... dos generais

magníficos e de meu pai, que era tão belicoso quanto eu imaginava... da indignidade de minha descrença ao ver aquela figura corpulenta e prosaica *coxeando* em direção ao tribunal... e de que tentava imaginá-lo com Gordon em Wilderness... ou atacando por florestas e campos arrasados por explosivos em Gettysburg... ou ferido, caindo de joelhos em Sharpsburg, perto da enseada Antietam... e de como eu miseravelmente fracassava em imaginá-lo assim; de como infantilmente não conseguia imaginar o tanto de loucura ou mesmo de magia que aqueles rostos avermelhados e aquelas cabeças calvas tinham conhecido no vale da Virgínia, muitos anos atrás...
Mas um aleijado! Não! Ele não era nenhum aleijado, era o mais forte, o mais direito, o mais natural, o mais não--aleijado dos homens que já conheci!... E cinquenta anos já se passaram desde então, mas quando penso naquele dia perdido, tudo volta... a lembrança de cada lâmina, de cada folha, de cada flor... o farfalhar de cada folha e cada luz e sombra que aparecia e desaparecia contra o sol... a praça empoeirada, os postes para amarrar animais, as mulas, as juntas de bois e os cavalos, o cheiro do feno que forrava as carroças do interior, e o cheiro de melões acondicionados... os vagabundos do tribunal... e o velho Olh' Aqui... e as juntas de mulas de Spangler trotando pela praça... cada porta que abria... e cada portão que batia... e tudo o que passou pela cidade naquele dia... as mulheres sentadas nas varandas de gelosias dos bordéis à beira de Niggertown... as prostitutas tomando fôlego na tarde aconchegante, e certas de uma coisa apenas: de que a noite chegaria!... todas as

coisas conhecidas ou invisíveis... uma parte de toda a minha consciência... uma cidadezinha de montanha no Sul, numa tarde de maio, cinquenta anos atrás... e o tempo passando como o zumbido de uma abelha, o tempo passando como o zangarreio numa floresta, o tempo passando como sombras de nuvens passam por sobre as encostas das colinas, nas campinas da montanha, ou como o golpear duro e ligeiro do sino do tribunal... um homem morto há muito tempo, e há muito tempo enterrado, ia mancando para o tribunal e estivera em Gettysburg... e o tempo passando... passando como uma folha... passando como um rio que corre... o tempo passando... e relembrado subitamente como aqui, como o casco e a roda de sessenta anos atrás, hoje esquecidos... o tempo passando como passam os homens que nunca voltarão... e nos deixando, meu Deus, com isto apenas... com a certeza de que esta terra, este tempo, esta vida são mais estranhos que um sonho.

Então isto é o homem

Na infinita variedade de fatos comuns, casuais, frequentemente desconsiderados, pode-se ver a teia da vida como ela é tecida. Quer acordemos de manhã na cidade, quer nos deitemos no escuro da noite nas cidades do interior, quer caminhemos pelas ruas de duro meio-dia sob todas as luzes empoadas, toscas e duradouras do tempo presente, o universo a nossa volta é o mesmo. O mal perdura para sempre — assim como o bem. Somente o homem conhece esses dois, e ele é uma coisa tão pequena.

Pois o que é o homem?

Primeiro, uma criança de ossos moles, incapaz de se sustentar sobre suas pernas elásticas; que berra e ri sucessivamente, que quer o impossível mas se cala quando agarra o peito da mãe; um dorminhoco, comilão, guloso, chorão, brincalhão, um idiota que chupa o dedão do pé; uma coisinha delicada, toda babada, que mete a mão no fogo, um bobo adorado.

Depois disso, um menino que faz voz grossa diante dos amigos mas que tem medo do escuro; que bate no mais fraco e foge do mais forte; que venera a força e a brutalidade, que adora histórias de guerra, de assassinatos e violências cometidas contra outros; que se junta a turmas e detesta ficar sozinho; que transforma em heróis soldados, marinheiros, pugilistas, jogadores de futebol, vaqueiros, pistoleiros e detetives; que prefere morrer a não superar seus companheiros em desafios e provas; que quer surpreendê-los e vencer sempre; mostra o músculo e exige que o sintam, vangloria-se de suas vitórias e nunca reconhece a derrota.

Em seguida, o jovem: vai atrás de garotas, é obsceno pelas costas delas junto com outros rapazes nas lanchonetes; insinua uma centena de seduções mas ganha espinhas no rosto; começa a se preocupar com suas roupas, vira um janota; passa brilhantina no cabelo, fuma cigarros com um ar licencioso, lê romances e escreve poemas às escondidas. Experimenta o ódio, o amor e o ciúme; é covarde e imprudente; não suporta ficar sozinho, vive em turma, pensa como a turma, teme segregado por seus amigos por qualquer excentricidade sua. Associa-se a clubes e tem medo do ridículo; na maior parte do tempo está aborrecido, triste, infeliz. Existe um grande buraco nele; ele é enfadonho.

Então o homem: ele é ocupado, cheio de planos e motivos, trabalha. Tem filhos, compra e vende pequenas porções de terra eterna, conspira contra seus rivais, fica radiante quando consegue enganá-los. Desperdiça seus curtos setenta anos de existência numa vida vergonhosa e perdulária; do berço ao túmulo, mal vê o sol ou a lua ou as estrelas; é insensível ao mar e à terra imortais; fala do futuro mas desperdiça-o quando ele chega. Se tiver sorte, economiza dinheiro. No fim, sua carteira recheada compra-lhe lacaios para carregá-lo por onde suas pernas já não o podem; consome comidas finas e vinhos raros, pelos quais seu estômago imprestável já não reclama; seus olhos exaustos e sem vida contemplam a paisagem de terras estranhas, pelas quais na juventude seu coração palpitava. Em seguida a morte lenta, prolongada por médicos caros, e finalmente os agentes funerários qualificados, a carniça perfumada, os porteiros gentis indicando a esquerda com as mãos estendidas, os velozes carros funerários, e novamente a terra.

Isto é o homem: um escritor de livros, um anotador de palavras, um pintor de quadros, um inventor de mil e uma filosofias. Apaixona-se por ideias, ataca com desprezo e desdém o trabalho de outros; acha o caminho, o verdadeiro caminho para si próprio e considera todos os outros falsos — embora entre os bilhões de livros sobre as prateleiras não haja um que possa dizer-lhe como dar um único e efêmero suspiro. Ele faz histórias das coisas do mundo, conduz o destino de nações mas não conhece sua própria história, e é incapaz de conduzir seu próprio destino com dignidade e sabedoria por dez minutos consecutivos.

Eis aqui, pois, o homem, esta traça do tempo, tapeado pela brevidade e pela marcação das horas, essa caricatura de vida inútil e estéril. Ainda assim, se os deuses pudessem vir para cá, para uma Terra desolada e deserta, onde somente restassem as ruínas das cidades dos homens, onde apenas algumas marcas e entalhes feitos pela mão dele fossem legíveis sobre suas tabuletas quebradas, onde somente uma roda estivesse a enferrujar na areia do deserto — ainda

123

assim, um grito irromperia de seus corações e eles diriam: "Ele viveu, e ele esteve aqui!"

Veja suas obras: Ele precisava de uma linguagem para pedir pão — e teve Cristo! Precisava de canções para cantar na guerra — e teve Homero! Precisava de palavras para maldizer seus inimigos — e teve Dante, teve Voltaire, teve Swift! Precisava de roupas para proteger das estações seu corpo franzino e glabro — e teceu os mantos de Salomão, fez as vestes de grandes reis, os samitos para os jovens cavaleiros! Precisava de paredes e um telhado para abrigá-lo — e construiu o Blois! Precisava de um templo propiciatório a seu Deus — e construiu Chartres e Fountains Abbey! Nasceu para rastejar sobre a terra — e inventou grandes rodas, pôs grandes máquinas ribombantes a correr sobre trilhos, lançou grandes asas ao ar, botou enormes navios no mar raivoso!

Pestes abateram-no e guerras brutais destruíram seus filhos mais fortes; mas fogo, fome e enchentes não conseguiram exterminá-lo. Não, nem a implacável sepultura — de seus lombos moribundos saíram-lhe os filhos aos gritos. O bisão peludo, com seus músculos ameaçadores, desapareceu das planícies; os fabulosos mamutes de eras imemoráveis são imensos esqueletos de marga ressecada e serena; as panteras ganharam cautela e movem-se com cuidado por entre o capim alto, indo à poça d'água; e o homem perdura em meio ao insensato niilismo do universo.

Pois há uma crença, uma fé, que é a glória do homem, seu triunfo, sua imortalidade — é sua crença na vida. O homem ama a vida; e por amar a vida odeia a morte; e por isso ele é grande, ele é glorioso, é belo e sua beleza é eterna. Ele vive sob as estrelas insensatas e nelas inscreve seus propósitos. Ele vive com medo, na faina, na agonia, em tumulto infindável; mas se, ferido nos pulmões, estivesse a espumar sangue a cada suspiro que desse, ainda assim amaria a vida mais intensamente do que o cessar de sua respiração. Na morte, seus olhos iluminam-se maravilhosamente, e o antigo desejo brilha neles mais feroz — ele aguentou todo o cruel e inútil sofrimento, e ainda quer viver.

Por isso é impossível desprezar esta criatura. Pois de sua inabalável fé na vida este homem franzino fez o amor. No melhor de si, ele é o amor. Sem ele não pode haver amor algum, fome alguma, desejo nenhum.

Então isto é o homem — o pior e o melhor dele —, esta coisa delicada e insignificante que vive sua vida, morre como todos os outros animais e é esquecido. Contudo, também é imortal, pois tanto o bem quanto o mal que pratica sobrevivem a ele.

O desejo de fama está arraigado no coração dos homens. É um dos mais poderosos desejos humanos, e talvez por essa razão mesmo, e por ser tão profundo e secreto, é o desejo que os homens mais relutam em reconhecer, particularmente aqueles que sentem com mais pungência seu aguilhão afiado e penetrante.

O político, por exemplo, jamais gostaria que imaginássemos que é o amor ao poder, a avidez por uma notória ascensão nos escalões públicos que o move. Não, aquilo que o guia é sua pura dedicação ao bem-estar comum, sua qualidade de estadista desinteressado e magnânimo, seu veemente idealismo, que quer expulsar o velhaco que usurpa o poder e trai a confiança popular que ele próprio — ele nos assegura — respeitaria com tanta generosidade e abnegação. O mesmo acontece com o soldado. Nunca é o desejo de glória que o inspira a sua carreira. Nunca é o amor por batalhas, o amor pela guerra, o amor por todos os títulos ressonantes e pelas magníficas recompensas do herói vencedor. Ah, não. É a dedicação ao dever que faz dele um soldado. Ele é inspirado simplesmente pelo inesgotável fervor de sua abnegação patriótica. Ele lamenta ter uma só vida para devotar a seu país.

Assim é em todas as profissões. Até mesmo o homem de negócios não admitirá um motivo egoísta em seu enriquecimento. Pelo contrário, é ele quem promove o desenvolvimento dos recursos da nação. Ele é o bondoso empregador de milhares de trabalhadores que estariam perdidos, recebendo auxílio-desemprego, sem o gênio organizador de sua inteligência formidável. É o defensor do ideal americano de austero individualismo, o ilustre exemplo para os jovens do que um menino pobre do campo pode conseguir neste país através de uma dedicação às virtudes nacionais da economia, do esforço, da obediência ao dever e da honestidade nos negócios. Ele é — ele nos assegura — a espinha dorsal do país, o homem que faz as coisas funcionarem, o cidadão líder, o amigo público n.º 1.

Todas essas pessoas mentem, naturalmente. Sabem que mentem, e todos os que as ouvem também sabem que mentem. A mentira entretanto tornou-se parte da convenção da vida americana. As pessoas escutam pacientemente a mentira e, se riem dela, o sorriso é amarelo, carregado de resignação e da indiferente entrega do cansaço.

Por estranho que pareça, a mentira também invadiu o mundo da criação — o único lugar onde ela não tem nenhum direito de existir. Houve uma época em que o poeta, o pintor, o músico, o artista de qualquer tipo não se envergonhava de confessar que o desejo de fama era uma das forças motrizes de sua vida e de seu trabalho. Mas que mudança daquele tempo para este! Hoje em dia, empreende-se longa jornada e volta-se de mãos vazias se o que se espera é encontrar um artista que reconheça dedicar-se a qualquer outra coisa que não ao culto de algum ideal — político, social, econômico, religioso ou estético — que está fora dele e para o qual sua pessoa humilde, renunciadora da fama, está reverente e generosamente destinada.

Homem iludido! Pobre escravo de uma época corrompida! Libertamo-nos de todas as vaidades aviltantes, sufocamos o voraz desejo de imortalidade individual e agora, tendo surgido das cinzas da terra de nosso pai para o imaculado éter da exaltação coletiva, estamos finalmente livres de toda aquela terra execrada e corrompida — livres do suor e do sangue e do pesar, livres da tristeza e da alegria, livres da esperança e do medo e da agonia humana de que foi forjado o corpo de nosso pai e o de todo homem vivo antes de nós.

Mesmo assim: da terra de nosso pai, sangue de seu sangue, osso de seu osso, carne de sua carne; nascidos como nosso pai, aqui para viver e lutar, aqui para vencer ou ser vencido; aqui, como todos os outros homens que nos precederam, nem demasiado exigentes ou delicados para as finalidades dessa terra, aqui para viver, sofrer e morrer — Oh, irmãos, como nossos pais no tempo deles, estamos ardendo, ardendo, ardendo na noite.

Os quatros homens perdidos

De repente, na fertilidade verde de junho, ouvi novamente a voz de meu pai. Naquele ano eu completara dezesseis anos; na semana anterior tinha voltado para casa após meu primeiro ano na faculdade, e a enorme emoção e ameaça da guerra em que acabáramos de entrar dois meses antes enchia nossos corações. E a guerra traz vida aos homens, bem como morte. Enche de júbilo e poesia impetuosa os corações dos jovens. Faz brotar na garganta deles, na noite vastamente estrelada, o balido primitivo da dor e da alegria deles. Invade-os de uma selvagem e inexprimível profecia, não de morte, mas de vida, pois que lhes fala de terras desconhecidas, de triunfo e descoberta, de feitos heroicos, da fama e da confraternidade dos heróis, e do amor de gloriosas mulheres desconhecidas — do triunfo irradiante e do grandioso sucesso de um universo heroico, de uma vida auspiciosa e feliz como eles nunca viram.

Assim aconteceu conosco durante todo aquele ano. Por sobre a terra imensa e expectante, impendia a extraordinária pulsação e promessa da guerra. Era possível senti-la no amanhecer das pequenas cidades com todos os seus procedimentos de vida começando, silenciosos, casuais, completamente familiares. Era possível percebê-la no menino jornaleiro arremessando habilidoso para uma varanda o bloco de jornal dobrado; num homem em mangas de camisa saindo para a varanda e se inclinando para pegar o jornal; no lento tamborilar das patas do cavalo do leiteiro numa rua quieta, no tilintar de garrafas na carroça, e na pausa súbita, nas passadas rápidas do leiteiro e nas garrafas tilintando; e depois, no tamborilar das patas na manhã, na quietude, na pureza da luz, no suave frescor da canção do pássaro elevando-se pela rua novamente.

Em todos esses velhos atos de vida, de luz e amanhecer, atos eternamente novos, imutáveis, sempre mágicos, sentia-se a enorme e impendente presença da guerra. Era possível senti-la no silêncio meditabundo do meio-dia, no rebuliço e no bater de asas tumultuado e acalorado do cacarejo plúmeo das galinhas que se esquentavam ao sol do meio-dia. Podia-se senti-la no tinido das tenazes de gelo na rua, no gemido impassível das serras de gelo zumbindo através do bloco esfumaçante. Podia-se senti-la um tanto pungentemente no suave arrastar de pés coriáceo, desolado e compacto de homens em mangas de camisa voltando para o almoço em casa, na mesma direção da quietude meditabunda e do enlevado feitiço do meio-dia; e senti-la nas portas de tela que batiam, e no silêncio súbito. E era possível senti-la no calor úmido e no aroma apetitoso de nabiças cozinhando, na folha, na grama, na flor, no cheiro de alcatrão, e na súbita ausência do bonde que partira no verão persistente, verde e dourado.

Em todas estas velhas ações, coisas e cores familiares de nossas vidas sentia-se, num êxtase entorpecido, a impendente presença da guerra. A guerra penetrara em tudo: estava em coisas que se moviam e em coisas que eram imóveis, no silêncio vermelho e animado de uma velha parede de tijolos, bem como na vida e no tráfego apinhado das ruas. Estava no rosto das pessoas que passavam e nos milhares de momentos familiares da vida e dos negócios cotidianos do homem.

E solitária, selvagem e persistente, invocando-nos para sempre com a espiral de sua cornucópia há muito perdida, ela penetrara na encantada solidão das colinas mágicas ao nosso redor, em todas as luzes repentinas, vibrantes e desoladas que apareciam, passavam e desapareciam no verde maciço da vastidão.

A guerra estava em gritos longínquos e sons fragmentados e chocalhos de vacas tilintando ao vento fustigante; na alegria e na tristeza funda, desenfreada e lamuriosa de um trem que partia, e que corria rumo leste, rumo ao mar, rumo à guerra, através de um vale do sul, no feitiço verde e na magia dourada de pleno junho. A guerra estava na luz antiga e vermelho-dourada do dia poente, que incidia sem violência nem calor sobre as ruas da vida, as casas onde os homens moravam, a flama breve e o fogo de vidraças acortinadas.

E estava no campo, na ravina e no despenhadeiro, nos bonitos vales verdes da montanha, desvanecentes no lusco-fusco, e nas encostas das colinas avermelhadas pela luminosidade antiga, inclinando-se firmes para a sombra escarpada e serena, para o silêncio lilás. Estava em toda a terra exalando o último calor e a última fadiga do dia rumo à quietude enorme, à alegria e à tristeza da noite próxima. Finalmente, a guerra penetrara em todos os sons e sigilos, na tristeza, na saudade, no prazer, no mistério, na fome e na alegria impetuosa que vinha do cavernoso coração da noite perfumada e devoradora. Estava no suave e secreto farfalhar das folhas nas ruas estivais, em passos percorrendo tranquilos, vagarosos e solitários a escuridão de uma rua coberta de folhas; em portas de tela batendo, e no silêncio; no distante latido de um cachorro, em vozes longínquas, risadas, na música vibrante desvanecendo num baile, e em todas as casuais vozes noturnas, distantes, estranhamente próximas, tão íntimas e familiares, remotas como o tempo, tão persistentes quanto a brevidade de nossos dias.

    E de súbito, enquanto eu estava sentado ali sob o altivo e reservado mistério da noite aveludada, vastamente estrelada, ouvindo o vozeirão de meu pai soar de novo lá da varanda, a guerra veio a mim numa intolerável e absurda solidão de êxtase e desejo, veio a mim na súbita vibração de um carro acelerado, no silêncio distante, numa imagem da suave e serena escuridão da encosta da montanha, da pele branca e da submissa ternura das mulheres. E ainda quando pensava nisso, eu ouvi o tom baixo, intenso e sensual da voz de uma mulher, voluptuosa, grave e terna brotando da escuridão de uma varanda estival no outro lado da rua.

    O que a guerra mudara? O que fizera conosco? Que milagre de transformação ela forjara em nossas vidas? Não mudara nada; aumentara, intensificara e tornara gloriosas todas as coisas antigas e familiares da vida. Acrescentava alegria à alegria, e vida à vida; e através dessa feitiçaria vital salvou todas as nossas vidas da desesperança e do desespero, e nos fez vivos de novo, a nós que nos julgávamos perdidos.

A guerra parecia ter juntado numa única imagem de alegria, poder e força compacta e altiva todas as milhares de imagens de alegria, poder e vida exultante que sempre tivéramos, e para as quais nunca tínhamos tido uma única palavra antes. Sobre os campos da noite silente e misteriosa, parecia podermos ouvir a nação marchando, podermos ouvir, suave e atroador dentro da noite, o uníssono milípede de homens marchando. E aquela imagem única e gloriosa, de alegria, unidade e força reunidas, trouxera nova vida e esperança para todos nós.

Meu pai envelhecera, estava doente de um câncer que crescia e se alimentava para sempre de suas entranhas, devorando dia a dia seu enfraquecido vigor de vida, sem qualquer esperança ou remédio, e nós sabíamos que ele estava morrendo. Entretanto, sob a esperança e a vida mágicas que a guerra nos trouxera, a vida dele parecia ter se reanimado, se libertado do pesar e da dor, da alegria morta, da tristeza de memória irrevocável.

Por um momento ele pareceu de novo viver na flor da vida. Imediatamente estávamos todos livres do horror da morte e do tempo, que há anos nos ameaçava. Imediatamente livramo-nos do maligno feitiço de uma época e de uma lembrança de tristeza que tornavam sua morte em vida mais terrível do que sua morte real mais seria.

Imediatamente a vida boa, a dourada e jubilosa vida da infância, cuja magia plena tínhamos experimentado graças ao vigor da vida dele, e que parecia tão perdida e irrevocável que se revestia de uma estranheza de sonho quando pensávamos nela, a vida boa tinha retornado em todas as suas cores várias e triunfantes, sob aquela súbita chama de energia, alegria e guerra. E por um momento acreditamos que tudo seria de novo como sempre fora para nós, que ele nunca poderia envelhecer e morrer, mas sim que deveria viver para sempre, e que o verão e a manhã pomareira e clara seriam nossos de novo, nunca morreriam.

Eu podia ouvi-lo falar então sobre guerras passadas e desordens antigas, lançando contra a guerra vigente e seus comandantes toda a denúncia de sua retórica sublime, que uivava, aumentava, baixava de tom e desaparecia dentro da noite, penetrando todos os quadrantes da escuridão com a pungência que sua voz tinha naqueles velhos tempos quando ele se sentava para conversar na varanda, na noite escura do verão, os vizinhos ouvindo atentos e calmos.

Agora, enquanto meu pai falava, eu podia ouvir os hóspedes na varanda prestando a mesma atenção; de vez em quando, o rangido furtivo de uma cadeira de balanço, uma palavra desfavorável, uma pergunta, um protesto ou um assentimento; e depois o silêncio instigante, ávido e atento que faziam enquanto meu pai falava. Ele falou de todas as guerras e de todos os tumultos que conhecera, contou como ele, "um garoto descalço do interior", tinha ficado na beira de uma estrada poeirenta, a cerca de vinte quilômetros de Gettysburg, e tinha visto os rebeldes maltrapilhos passarem marchando por aquela estrada que ia dar na morte, na guerra e no malogro das esperanças deles.

Falou do sinistro e opressivo estrépito das armas atravessando o silêncio taciturno e intenso daquela região rural; de como o silêncio, o espanto e as perguntas não feitas enchiam os corações de todas as pessoas; e de como eles continuaram tocando o trabalho na fazenda, como sempre. Falou dos anos que se seguiram à guerra, quando ele era aprendiz de canteiro em Baltimore; falou de antigas alegrias e tarefas, de atos e fatos esquecidos; e falou depois, como recordação íntima, dos americanos perdidos — dos estranhos americanos mortos, há muito desaparecidos; das caras barbudas, mudas e remotas dos americanos ilustres, que, para mim, estavam mais perdidos que o Egito, eram mais distantes que a costa tártara; mais assombrados e esquisitos que Cipango ou os rostos perdidos dos primeiros reis dinásticos que construíram as Pirâmides; e aos quais meu pai vira, ouvira, conhecera e achara familiar no momento palpitante, apaixonado e cheio de orgulhoso esplendor de sua juventude; os rostos perdidos, distantes e mudos de Buchanan, Johnson, Douglas, Blaine... os rostos barbudos, orgulhosos, vagos e estranhos de Garfield, Arthur, Harrison e Hayes.

— Ah, meu Deus! — ele disse, sua voz repicando na escuridão como um gongo. — Ah, meu Deus, conheço todos eles desde o tempo de James Buchanan... pois eu era um menino de seis anos quando ele tomou posse! — Fez uma pausa por um momento, investiu violentamente para a frente em sua cadeira de balanço, e lançou com habilidade, pelo parapeito da varanda, uma cusparada de forte sumo de tabaco, que foi se perder dentro da noite margosa, na doce fragrância noturna dos canteiros de gerânios. — Sim, senhor — ele disse grave, recuando na cadeira, enquanto hóspedes atentos e ávidos aguardavam na escuridão intensa, quietos. — Lembro de todos eles desde a época de James Buchanan, e vi todos os que vieram desde Lincoln! ... Ah, meu Deus! — Fez breve pausa durante outro momento expectante, balançando com tristeza, no escuro, sua cabeça preocupada. — Como eu me lembro do dia em que eu estava numa rua de Baltimore... um pobre órfão solitário que eu era! — meu pai continuava, pesaroso, embora um tanto incoerente, pois que nessa época a mãe dele estava viva e bem de saúde, na pequena fazenda da Pensilvânia, e continuaria assim por quase cinquenta anos mais. — Um pobre rapaz do interior, de dezesseis anos, sozinho na cidade grande onde eu tinha vindo aprender meu ofício de canteiro... quando ouvi Andrew Johnson, então o presidente desta *grande* nação, falar de cima de uma plataforma sobre um carroção... e ele estava tão bêbado... tão *bêbado* — meu pai berrava —, o presidente deste país estava tão bêbado que era preciso ficar alguém de cada lado dele e ampará-lo enquanto ele falava... antes que ele caísse de cabeça para baixo na sarjeta! — Fez uma pausa, umedeceu ligeiramente seu polegar enorme, pigarreou razoavelmente satisfeito, de novo investiu abrupto para a frente na cadeira de balanço, e soltou uma forte cusparada de vívido sumo de tabaco, que foi se perder na fragrância margosa do canteiro de gerânios na escuridão.

— O primeiro voto que dei para presidente — meu pai logo continuava, recuando de novo na cadeira — foi em 1872, em Baltimore, para aquele *grande* homem... aquele soldado corajoso e nobre... U. S. Grant! E desde então votei em todos os candidatos republicanos a presidente. Votei em Rutherford Hayes, de Ohio, em 1876... esse foi o ano, como vocês bem sabem, da grande controvérsia Hayes-Tilden; em 1880, votei em James Abram Garfield... aquele *grande* homem bom — dizia, entusiasmado —, que foi tão torpe e brutalmente morto pelo ataque covarde de um assassino sanguinário. — Fez uma pausa, umedeceu o polegar, respirando profundamente, investiu para a frente na cadeira de balanço e cuspiu de novo. — Em 1884 dei meu voto a James G. Blaine, no ano em que Grover Cleveland derrotou-o — afirmou, breve. — Para Benjamin Harrison em 1888, e novamente para Harrison em 1892, a época em que Cleveland entrou para seu segundo mandato... uma época de que vamos nos lembrar até o dia de nossa morte — meu pai disse, severo —, pois os democratas estavam no poder, e nós tivemos cozinha pública para os pobres. E podem escrever o que estou dizendo — ele berrava —, vão ter que engoli-los de novo, antes de terminarem esses próximos quatro anos... vocês vão fazer das tripas coração, tão certo como há um Deus no céu, antes que aquele monstro pavoroso, horrível, cruel, desumano e sanguinário, aquele monstro que nos manteve fora da guerra — meu pai escarnecia, zombeteiro —, antes que aquele monstro acabe com vocês... porque o inferno, a ruína, a miséria e a danação começam toda vez que os democratas estão no poder.

Podem ter a tranquila certeza disso! — ele disse ríspido, pigarreou, umedeceu o polegar, investiu violentamente para a frente e cuspiu de novo. Por um momento fez-se silêncio, e os hóspedes esperaram.

— Ah, meu Deus! — meu pai disse enfim, triste, grave, numa voz baixa, quase inaudível. E de repente toda a velha vitalidade e a clamorosa fúria de sua retórica desapareciam: ele era novamente um velho, doente, indiferente, moribundo, e sua voz envelhecera, estava debilitada, fatigada, triste. — Ah, meu Deus! — ele murmurou, balançando a cabeça no escuro, triste, fraco, fatigado. Eu vi todos eles... Vi todos chegarem e partir... Garfield, Arthur, Harrison e Hayes... e todos... todos... todos eles estão mortos... Eu sou o único que restou — ele disse, contraditório — e logo vou embora também. — Ficou calado por um instante. — É um bocado estranho quando se pensa no assunto — resmungou. — Por Deus que é! — E ficou em silêncio; e a escuridão, o mistério e a noite rodeavam-nos totalmente.

Garfield, Arthur, Harrison e Hayes — tempo do tempo de meu pai, sangue de seu sangue, vida de sua vida — tinham sido pessoas vivas, reais e concretas na paixão, no vigor e no sentimento da juventude de meu pai. E para mim eles eram os americanos perdidos: seus rostos graves, vagos e barbudos, misturavam-se, fundiam-se, nadavam juntos nas águas profundas de um passado intangível, imensurável e tão incognoscível quanto a cidade soterrada de Persépolis.

E eles estavam perdidos.

Pois quem foi Garfield, homem martirizado, e quem o viu pelas ruas da vida? Quem poderia acreditar que seus passos soaram alguma vez por uma calçada deserta? Quem ouviu os eventuais tons de voz familiares de Chester Arthur? E onde estava Harrison? Onde estava Hayes? Qual deles tinha suíças, qual tinha costeletas? Quem era qual?

Nos ouvidos deles, como nos nossos, o tumulto de multidões esquecidas; na cabeça, as milhares de impressões de um tempo perdido; e de repente, nos olhos moribundos deles, a breve e amarga dor e alegria de lembranças de brilho pálido, fixas e enfraquecidas: o roçar de uma folha num galho, o raspar de um aro de roda no meio-fio, o estrondo distante e longo de um trem se retirando sobre os trilhos.

Garfield, Hayes e Harrison eram homens de Ohio; entretanto, somente o nome de Garfield foi glorificado por sua descendência. Mas não ouviram eles, de noite, o uivo do vento demente, a chuva de vento, forte, regular, caindo na terra coberta de bugalhos? Não caminharam, todos eles, por estradas desertas de noite, no inverno, avistaram uma luz e souberam que era deles?

Não conheceram o cheiro do velho couro de novilho dobrado, e de artigos de couro já bem gastos, o cheiro dos advogados ianques, do forte tabaco cuspido, e dos mictórios do tribunal; o cheiro de cavalos, arnês, feno e camponeses suados; de salas de júri e de salas de tribunal, o cheiro forte e masculino de justiça na sede da comarca? E não ouviram uma torneira, ao longo de corredores escuros, de onde pingava uma gota na escuridão, numa crescente e pontual monotonia de tempo, de tempo obscuro?

Garfield, Hayes e Harrison não estudaram advocacia em gabinetes de cheiro carregado e profundo? Cavalos não trotaram debaixo das janelas deles, levantando espirais de poeira ao longo de uma rua de esparsos casebres e edifícios de fachadas falsas? Eles não ouviram lá embaixo vozes de homens conversando, matando o tempo sob o calor arrastado? Não ouviram as despreocupadas vozes camponesas, muito firmes, ligeiramente gritadas? E não ouviram o ruge-ruge de uma saia de mulher, e depois o silêncio expectante, o dissimulado abaixar do tom de voz que diz obscenidades, e depois as enormes gargalhadas, os tapinhas nas coxas carnudas, e as risadas altas, abundantes, sufocantes? — E sob o calor sonolento e seco, enquanto o tempo zumbia lentamente, como uma mosca — não teriam Garfield, Arthur, Harrison e Hayes sentido o cheiro do rio, o cheiro úmido, ligeiramente fresco e meio pútrido, e não teriam pensado na pele branca das mulheres ali junto ao rio, e não teriam sentido em suas entranhas um lento e impendente desejo, um poder violento e arrebatador nas mãos?

Depois Garfield, Arthur, Harrison e Hayes estiveram na guerra, e cada um se tornou brigadeiro ou general-de-divisão. Todos eles eram homens barbados: viram uma mancha de sangue vívido sobre as folhas, e ouviram os soldados conversando no escuro sobre comida e mulheres. Ocuparam a cabeça-de-ponte sob a poeira clara, em lugares de nomes tais como Moinho do Wilson e Caminho do Spangler, e seus soldados investiam cuidadosamente pela densa vegetação rasteira. Ouviram os cirurgiões praguejando depois da batalha, e o breve ranger de serrotes.

Viram garotos cambalear segurando as entranhas nas mãos e perguntando miseráveis, os olhos brilhando de medo: "É grave, general? Acha que é grave?" Quando a metralha era bem-sucedida, abria um buraco irregular. Estraçalhava emaranhados de folhas e galhos; às vezes desfechava um sólido golpe contra o tronco fibroso de uma árvore. Às vezes, quando acertava um homem, despedaçava-lhe o tampo do cérebro, as paredes do crânio, de forma que os miolos fervilhavam espalhados por um pedaço daquela vastidão, o sangue escurecia e coagulava, e o homem jazia lá, em seu uniforme grosso e desajeitado, com um cheiro de urina na roupa de lã, na postura casual, canhestra e incompleta da morte súbita. E quando Garfield, Arthur, Harrison e Hayes viam esse tipo de coisa, notavam que não era como no quadro que tinham observado quando crianças; não era como os trabalhos de Walter Scott e William Gilmore Simms. Viam que o buraco não era limpo e pequeno, nem era no *front* cerebral; e que o campo não era verde nem cercado ou ceifado. Sobre a terra vasta e imemorável, brilhava a tremeluzente e morna luz vespertina, uma campina precipitava-se abruptamente para uma elevação do terreno numa floresta acidentada; e de campina em campina, de vala em ravina e recôncavo, a terra avançava em convoluções abruptas, suaves e ilimitadas.

 Então Garfield, Arthur, Harrison e Hayes pararam por um momento junto à cabeça-de-ponte, e ficaram quietos vendo o sangue reluzir de tarde sobre o trigo esmagado, sentindo o taciturno silêncio das seis horas cruzar os campos por onde toda a turbulenta infantaria tinha passado ao amanhecer, vendo como a rústica sebe do campo estendia-se até encostar-se no outro extremo da estrada de terra, as eventuais intrusões do capim grosseiro, e das margaridas secas e aquecidas, pelas margens da estrada; vendo os reluzentes baixios de rocha da enseada, a sombra suave, serena, e a curva das árvores na água do rio.

Pararam então junto à cabeça-de-ponte olhando para a água. Viram a completa e absoluta monotonia do velho moinho vermelho, que de certa forma era como a serenidade, a tristeza e o encanto do pôr do sol, e olhando para os rostos dos rapazes mortos no meio do trigo, a mais familiar das planícies, as estranhas caras moribundas dos americanos mortos, ficaram ali parados por um momento, pensando, sentindo, pensando, com forte e inexprimível espanto em seus corações:

— Enquanto repousávamos nas soleiras da noite, enquanto parávamos nos marcos de portas esplêndidas, enquanto éramos acolhidos para o interior do silêncio, para os flancos da escarpa e o raio oblíquo de luz, enquanto víamos as estranhas formas silenciosas sobre a terra, as distâncias caladas, sabendo de todas as coisas então... o que podíamos dizer senão que nossos companheiros estavam serenamente espalhados a nossa volta e que o meio-dia estava longe?

— O que podemos dizer agora a respeito da terra solitária... o que podemos dizer agora a respeito das substâncias e das formas imortais... o que podemos dizer, nós que vivemos aqui com nossa vida, nosso esqueleto, nosso sangue e nosso cérebro, e todas as nossas linguagens mudas, ouvindo em mais de uma estrada incerta as vozes completamente familiares dos americanos, e que amanhã estaremos enterrados no chão, sabendo que os campos vão imergir no silêncio depois de nós, a luz oblíqua realçada nas escarpas, e que a paz e a noite voltarão de novo, agora de acordo com as milhares de formas e a substância única de nossa terra, de acordo com a noite, a paz, a enorme passada larga da noite ondulante e vindoura, e de acordo também com a manhã?

— Silêncio, recebe-nos, e campo da paz, repouso da terra incomensurável, das distâncias inquebrantáveis, corpo da substância única e singular, e das milhares de formas, reabastece-nos, restaura-nos e junta-nos a tuas amplas imagens de quietude e alegria. Larga passada da noite ondulante, aproxima-te depressa agora; absorve-nos, silêncio, em teu sigilo todo-estrelado; fala a nossos corações calados, pois que não temos, além desta, nenhuma linguagem.

— Lá está a ponte que atravessamos, o moinho em que dormimos, e a enseada. Lá está um campo de trigo, uma sebe, uma estrada de terra, um pomar de macieiras, e o bonito emaranhado agreste de uma floresta sobre aquela colina. E eis que são de novo seis horas através dos campos, agora e como sempre foi e será até o fim do mundo, eternamente. Alguns de nós morreram esta manhã atravessando o campo... e aquilo era o tempo... o tempo... o tempo. Não haveremos de voltar de novo, nunca mais haveremos de voltar como fizemos certa manhã... portanto, irmãos, vamos olhar mais uma vez antes de partirmos... Lá está o moinho, e ali a sebe, e acolá os baixios das águas de rochas reluzentes na enseada, e ainda a tão familiar e harmoniosa serenidade das árvores... e com toda certeza estivemos por aqui antes! — eles gritaram.

— Ah, com toda certeza, irmãos, sentamo-nos sobre a ponte, na frente do moinho, e cantamos juntos, perto das águas de rochas reluzentes na enseada, de noite; atravessamos o campo de trigo pela manhã e ouvimos a cantiga do pássaro, doce e consoladora, elevando-se da sebe adiante! Tu, terra plana, a mais familiar e a mais inculta, terra orgulhosa dessa imensa nação inefável, terra orgulhosa, nobremente distendida em toda a tua delicadeza e selvageria, todo o teu primitivismo e terror... terra grandiosa em toda a tua solidão, beleza e alegria selvagem, terra magnífica em toda a tua fecundidade ilimitada, distendendo-se em dobra e convolução infinita rumo do oeste para sempre... terra americana!... ponte, sebe, enseada e estrada de terra... tu, natural e extraordinária poesia do Moinho do Wilson, onde rapazes morreram no trigo esta manhã... tu, inefável, longe-próxima, familiar-estranha, inculta terra de magia, para quem uma palavra bastaria, se esta pudéssemos encontrar, para quem uma palavra bastaria se pudéssemos chamá-la por seu nome, para quem bastaria uma palavra: aquela que nunca pode ser dita, que nunca pode ser esquecida, e que nunca será revelada... oh, terra orgulhosa, familiar, nobremente distendida, parece que devíamos ter te conhecido antes! Parece que devíamos ter te conhecido para sempre, mas tudo o que sabemos com certeza é que percorremos esta estrada certa vez, de manhã, e que agora nosso sangue está pintado no trigo, e que tu és nossa agora, e que somos teus para sempre... e que existe algo aqui de que nunca nos lembraremos... que existe algo aqui de que nunca nos esqueceremos!

Garfield, Arthur, Harrison e Hayes foram jovens? Ou nasceram com suíças abundantes, costeletas e colarinhos de ponta virada, emitindo circunspectos, de lá do berço nos braços de suas mães, os ilustres sons vazios da previdente arte de estadistas? Não poderia ser. Não foram jovens rapazes nos anos trinta, quarenta e cinquenta? Não gritaram, como nós, aos ventos dementes, ao longo de estradas desertas? Não soltaram, como nós, o selvagem balido de êxtase e regozijo, enquanto a máxima dimensão de seu desejo ardente, sua esperança rudimentar e poderosa, saíam naquele único grito sem palavras?

Não bateram as ruas de ponta a ponta, como nós, quando jovens, rondando mansamente os bordéis nas horas enigmáticas da noite, vendo os lampiões a gás flamejar e tremeluzir na esquina, vertendo uma luz lívida sobre as esquinas de velhas ruas de calçamento de pedra e casas de arenito pardo? Não ouviram o trote solitário de um cavalo, as rodas sacolejantes de um cabriolé sobre aquelas pedras arredondadas? E não esperaram, trêmulos na escuridão, até que passassem cavalo e carroça, desaparecessem na triste retirada de cascos e suas ferraduras, e então não fossem mais ouvidos?

E não esperaram Garfield, Arthur, Harrison e Hayes, não esperaram no silêncio da noite, rondando de ponta a ponta as solitárias ruas de pedra, lábios trêmulos, sentimentos entorpecidos, corações disparados? Não cerraram os dentes, fizeram súbitos movimentos indecisos, sentiram pavor, alegria e um êxtase impendente e entorpecido, e esperaram, esperaram, esperaram então — pelo quê? Não esperaram, ouvindo o barulho de locomotivas deslocando-se pelos pátios de noite, ouvindo a respiração rouca e gasosa de pequenas locomotivas através do sopro combustivo e enfarruscado de suas chaminés, o ruidoso estalido de rodas sobre trilhos de bitola estreita, mal-assentados, mal-juntados? Não esperaram naquela rua escura, com o desejo ardente e solitário de rapazes, sentindo a sua volta o profundo e tocante repouso do sono, as batidas dos corações de milhares de homens adormecidos, enquanto aguardavam, aguardavam e aguardavam na noite?

Depois, não voltaram o olhar para cima, como nós, e viram o enorme semblante estrelado da noite, a imensa escuridão lilás da América em abril? Não ouviram o apito súbito, agudo e sibilante de uma locomotiva partindo? Não esperaram, pensando, sentindo e percebendo então o misterioso conteúdo da noite, a terra lírica e selvagem, tão indefinida, encantadora, familiar-estranha, em toda a sua vastidão, selvageria e terror, seu mistério, sua alegria, sua extensão e sua rudeza ilimitadas, sua fecundidade delicada e tosca? Não tiveram uma visão das planícies, das montanhas e dos rios correndo no escuro, o enorme tropel da terra eterna, e a toda-devoradora vastidão da América?

Não perceberam eles, como nós percebemos, enquanto esperavam na noite, a enorme e solitária terra das horas noturnas e da América por onde se espalhavam milhares de cidadezinhas solitárias e adormecidas? Não notaram a frágil rede de pequenos trilhos ruidosos, de bitola estreita e mal juntados, atravessando o país, trilhos sobre os quais os pequenos trens solitários corriam na escuridão, emitindo um punhado de ecos perdidos na margem do rio, deixando um eco no ressonante penhasco da passagem, e sendo engolfados depois pela imensa noite deserta, pela noite taciturna e toda-devoradora? Não experimentaram, como nós experimentamos, a alegria e o mistério secretos e selvagens da terra eterna, o escuro lilás, a vastidão inculta, silenciosa e toda-possessora, que envolvem milhares de cidadezinhas solitárias, milhões de homens perdidos, solitários e adormecidos, e esperaram e subsistiram para sempre, e sossegaram?

Garfield, Arthur, Harrison e Hayes não esperaram então, sentindo o balido crescer em suas gargantas, sentindo em seus corações alegria e tristeza arrebatadoras, e uma fome e um desejo impetuosos — uma flama, um fogo, uma fúria — queimar violentos, estéreis e solitários na noite, queimar para sempre enquanto os homens adormecidos dormiam? Não estiveram queimando, queimando, queimando, mesmo como o resto de nós queimou? Não estiveram Garfield, Arthur, Harrison e Hayes queimando na noite? Não estiveram queimando para sempre no silêncio das cidadezinhas, com toda a fome violenta, a paixão selvagem, o desejo ilimitado que os jovens desta terra experimentaram na escuridão?

Não estiveram queimando com a esperança primitiva e inexprimível, a inacreditável convicção que todos os jovens experimentam diante da promessa daquela miragem enorme, o eterno logro e a insuperável ilusão desta terra selvagem e toda-exultante, onde todas as coisas são urgentes, e onde jovens morrem de fome? Não estiveram queimando na magia fabulosa, no mistério e na alegria da escuridão lilás, da terra eterna, solitária, selvagem e secreta onde vivíamos, labutávamos e perecíamos, enlouquecidos de fome, desnutridos, esfomeados, furiosos, insatisfeitos?

Não estiveram queimando, queimando, onde um milhão de portas de amor, de glória, de inexprimível realização cabiam, esperavam por nós na escuridão, estavam aqui, estavam aqui a nossa volta, no escuro para sempre, estavam eternamente prontas para nosso toque, e nos enganavam, escarneciam de nossa fome, enlouqueciam nossos corações e cérebros perdidos na procura, tiravam nossa juventude, nossa força, nosso amor, nossa vida, e nos matavam, e nunca eram encontradas?

Não esperaram Garfield, Arthur, Harrison e Hayes depois, como nós esperamos, com lábios dormentes, corações disparados e medo, prazer, forte alegria e pavor agitando-se em suas entranhas enquanto eles esperavam na rua silenciosa distante da casa, orgulhosos, perversos, pródigos, iluminados, convictos, escondidos e solitários? E enquanto eles escutavam os cascos, a roda, o apito súbito e o enorme silêncio adormecido da cidade, a terra deserta, selvagem e secreta, o escuro lilás, o enorme semblante estrelado da noite — eles não esperaram lá no escuro, pensando:

— Oh, haverá novas terras, o amanhecer e uma cidade reluzente. Em breve, em breve, em breve!

E então, enquanto Garfield, Arthur, Harrison e Hayes mansamente rondavam de ponta a ponta as escuras ruas de calçamento de pedra, ouvindo na noite o súbito e agudo apito da partida, o martelar das grandes rodas à beira do rio, sentindo a escuridão lilás, as batidas dos corações dos homens adormecidos, e o silêncio atento, o terror, a selvageria, a alegria, o enorme mistério e a promessa da terra silenciosa e imensa, pensando, sentindo, pensando, com impetuosa alegria calada, com um desejo insuportável, eles não disseram:

— Oh, há mulheres no Oeste, e nós vamos encontrá--las. Elas estarão a nossa espera, calmas, tranquilas, sem surpresa, cabelos finos como os do milho, olhando com olhos uniformes através do paredão de cereal uniforme, olhando para os flamejantes territórios do vermelho, do sol se pondo, do grande paredão e do sublime panorama do Oeste vasto. Oh, há no Oeste mulheres sensuais, de cabelos finos como os do milho, de olhos tranquilos — gritaram Garfield, Arthur, Harrison e Hayes —, e nós haveremos de encontrá-las a nossa espera na porta, de noite!

— E há mulheres no Sul — eles disseram —, com olhos escuros e rostos alvos de magnólia. Elas estão caminhando agora sob a barreira de árvores inclinadas nas planícies do Sul. Estão caminhando pela vastidão de prados antigos, à margem dos grandes rios que correm lentos de noite! O passo delas é leve e silencioso como a escuridão; debaixo das árvores ancestrais vagueia o lampejo branco e espectral da beleza delas, e suas palavras são suaves, sussurradas e vagarosas, muito mais doces que mel; subitamente a risada delas, baixa e terna, lenta, suave e sensual, irrompe do profundo tonel da escuridão. O perfume da pele mole e branca é de essência de flores, estranho como magnólia, e cheio da doce languidez do desejo! Oh, há mulheres secretas no Sul — eles gritaram —, que movimentam no escuro, sob árvores que se curvam, o lampejo espectral do encanto das magnólias, e nós haveremos de encontrá-las!

— E há mulheres no Norte — gritaram Garfield, Arthur, Harrison e Hayes — esperando por nós com olhos de viquingues, peitos fortes e longos membros de amazonas. Há mulheres poderosas e adoráveis no Norte — disseram eles —, cujos olhos são azuis e rasos como um lago montanhês. Os maravilhosos cabelos delas estão trançados em cordas de fibras amadurecidas, e os nomes delas são Lundquist, Nielsen, Svenson, Jorgenson e Brandt. Elas estão esperando por nós nos campos de trigo do Norte, estão esperando por nós na beira das planícies, estão esperando por nós nas florestas de grandes árvores. Os olhos delas são sinceros e rasos, e seus corações grandes são os mais puros e fiéis da Terra, e elas esperarão por nós até que cheguemos.

— Há milhares de cidadezinhas solitárias de noite — Garfield, Arthur, Harrison e Hayes gritaram —, milhares de solitárias cidadezinhas de homens adormecidos, e nós devemos ir até elas de noite para sempre. Devemos chegar até elas como tempestade e fúria, com demoníaco impulso de alegria selvagem, acaso misterioso, repentinamente desembarcando do rápido expresso noturno... Saindo do trem no escuro, nas sombrias semivigílias da noite, e sendo deixados então no silêncio súbito, no mistério e na promessa de uma cidadezinha desconhecida. Oh, devemos ir até elas de noite para sempre — gritaram —, no inverno, sob ventos uivantes e redemoinhos de neve. Depois devemos deixar nosso rastro ao longo daquela lanosa brancura de lençol de uma ruazinha vazia e silenciosa, e finalmente encontrar nossa porta, sabendo que é nossa no momento em que dermos com ela.

— Chegando sob tempestade e escuridão em cidades solitárias, imprevistas e retiradas eles disseram —, haveremos de encontrar o rosto bem-amado, o passo há tanto desejado, a voz tão conhecida, ali na escuridão, enquanto a tempestade açoita a casa, e os enormes turbilhões brancos, de neve em redemoinhos, engolfam-nos. Então experimentaremos a brancura de flor de um rosto embaixo do nosso, a escuridão noturna de uma nuvem de cabelos em nosso braço, e experimentaremos todo o mistério, toda a ternura e entrega de uma beleza clara-escura, a brancura perfumada, a lenta generosidade de uma ondulância aveludada, o solo-profundo da fecundidade do amor. E nós devemos permanecer ali enquanto a tempestade uiva sobre a casa — eles disseram —, e enormes turbilhões erguem-se acima de nós. Devemos partir para sempre no silêncio esbranquiçado da manhã, e sempre saber que o mistério, o segredo e a bem-amada estarão lá esperando por nós quando tempestades uivarem de noite; e chegaremos de novo sob redemoinhos de neve, deixando nossas pegadas nas ruas esbranquiçadas, silenciosas e vazias, de cidadezinhas desconhecidas, perdidas no meio da tempestade e da escuridão da terra deserta, selvagem, toda-secreta e misteriosa.

E finalmente não reconheceram Garfield, Arthur, Harrison e Hayes, aqueles rapazes impetuosos e alegres, que esperaram ali, como nós esperamos, nas ruas desertas e silenciosas, com os lábios trêmulos, as mãos adormecidas, com pavor, alegria arrebatadora, êxtase impetuoso fervilhando, agitando-se em suas entranhas — não reconheceram, como nós reconhecemos, ao ouvir o alerta agudo do apito da partida na escuridão, o ruído de grandes rodas martelando na margem do rio? Não se sentiram, como nós nos sentimos — enquanto esperavam ali, na insuportável suavidade e rudeza, no insuportável mistério e terror da terra vasta no mês de abril —, e não se viram sozinhos, vivos e jovens e loucos e retirados em seu desejo e sua fome no profundo silêncio dormente da noite, na impendente e cruel promessa desta terra? Não se contorciam, como nós, de dor lancinante, de lascívia inexprimível, a áspide do tempo, o espinho da primavera, o grito agudo e mudo? Eles não disseram:

— Oh, há mulheres no Leste... e terras novas, o amanhecer, e uma cidadezinha reluzente! Há rajadas fumegantes de fumaça luminosa esquecidas por sobre Manhattan, a floresta de mastros por sobre a ilha apinhada, os soberbos caminhos abertos por navios que partem, a teia que paira, a investida como que de asas de rapina, e a alegria da ponte enorme, e homens de chapéu-coco atravessando a ponte para nos cumprimentar: vamos, irmãos, vamos ao encontro de todos eles! Pois o enorme murmúrio da vida milípede, distante, zumbidor, modorrento, estranho como o tempo, chegou para assombrar nossos ouvidos com toda a sua dourada profecia de júbilo e triunfo, fortuna, felicidade e amor tais como nenhum homem já conheceu. Oh, irmãos, na cidade, no feitiço que brilha ao longe, encantado no tempo glorioso, no feitiço daquela cidade fabulosa haveremos de encontrar grandes homens e mulheres adoráveis, e milhares de inesgotáveis prazeres novos, milhares de aventuras mágicas! Haveremos de acordar pela manhã, em nossos quartos de marrom profuso, e ouvir novamente o casco e a roda sobre a rua da cidade, e sentir o cheiro do porto, fresco, meio pútrido, com seu bracelete de marés luminosas, seu tráfico de soberbos navios nascidos no mar, a pureza e alegria de seu tremeluzente dourado matinal... e sentir, com tristeza e prazer inefáveis, que há navios lá, há navios lá... e algo em nossos corações que não conseguimos exprimir.

— E haveremos de sentir o bom e inebriante aroma de café coando, e de pensar na insinuante suntuosidade de grandes alcovas de nogueira, em cuja confinada e âmbar luz matinal beldades altivas movem devagar, em luxuriosa calidez, seus membros sensuais. Depois haveremos de sentir, com o agudo paladar da fome dos jovens, os formidáveis aromas do café da manhã: o bacon picante, tostado ao ponto, os rins, ovos e salsichas grelhados, e as aromáticas camadas de bolo de trigo marrom-dourado fumegando de quentes. E devemos caminhar, animados, fortes e cheios de esperança, por todas as apinhadas alamedas matinais, e experimentar o bom e verde cheiro do dinheiro, o couro pesado e a nogueira dos grandes comerciantes, o poder, o regozijo, a certeza e a tranquilidade do sucesso arrogante.

— Devemos chegar sob o ardente meio-dia, para saciar nossa sede com bebidas de potencial sutil e raro, em suntuosos bares de mogno escuro, na agradável companhia de homens, o cheiro picante de casca de limão e essência de angustura. Depois, a fome aguçada, o pulso acelerado e palpitando no agudo aguilhão de nosso apetite despertado, haveremos de comer nas alvíssimas toalhas de mesa dos maiores restaurantes do mundo. Haveremos de ser suavemente servidos e ternamente cuidados pelo zeloso fervor de garçons dedicados. Haveremos de ser saciados com vinho antigo e alimentados, com rara e preciosa honradez, pela estonteante suculência da magnífica comida caseira e da cozinha nobre, preparadas para corresponder ao incomparável paladar de nossa fome!

— Rua do dia, com a incessante promessa de tua vida milípede, nós vimos a ti! — eles gritaram. — Ruas de rodas estrondando ao meio-dia, ruas de grandes paradas de homens marchando, do brilhante clangor da fanfarra que se aproxima, do tremular vermelho-e-branco de uma bandeira no mastro, ruas dos berros e gritos, do aglomerado de pés, do aglomerado de homens passando para sempre em sua trama milípede... rua de cabriolés trepidantes, de cascos ressonantes, de diligências, de sinos tilintantes, o cavalo da esquerda sempre inclinando sua cabeça triste e concorde em direção de seu resignado e magro companheiro à direita... grande rua de vida e movimento intensos, meio-dia e labuta prazerosos, tua imagem resplandece para sempre em nossos corações, e a ti vimos!

— Rua da manhã, rua da esperança! — eles gritaram. — Rua da serenidade, do raio de luz oblíquo, de penhasco e ravina frontal, de sombra íngreme e azul, rua do dourado matinal que dança nas águas das marés cintilantes, rua de embarcadouros enferrujados e carcomidos, da balsa que segue escumando com sua proa rombuda, abarrotada de pequenos rostos brancos, de olhos fixos, todos silenciosos e atentos, todos voltados em *tua* direção... rua arrogante! Rua do cheiro picante e inebriante de café recém-moído, do bom e verde cheiro do dinheiro, do cheiro fresco e meio pútrido do porto, com toda a sua evocação de teu porto de mastros amarrados e uma maré de navios, grande rua!... Rua dos velhos edifícios bastante encardidos da velha e cálida sujeira do comércio... rua de um milhão de pés matutinos apressados para sempre na mesma direção... orgulhosa rua de esperança, alegria e manhã, em teu íngreme desfiladeiro haveremos de ganhar a riqueza, a fama, o poder e a estima que nossas vidas e nosso talento merecem!

— Rua da noite! — eles gritaram. — Grande rua de mistério e suspense, pavor e prazer, ânsia e esperança, rua orlada para sempre com a misteriosa ameaça de impendente regozijo, de felicidade e satisfação desconhecidas, rua de esplendor, calor e maldade, rua dos grandes hotéis, dos bares e restaurantes suntuosos, da suave luminescência dourada, das luzes desvanecentes e da empetalada brancura de milhares de rostos brancos, quietos e ansiosos nos teatros apinhados, rua da copiosa torrente de rostos, iluminados por teus milhões de luzes, e apinhados, incansáveis, insaciáveis em sua insaciável busca de prazer, rua dos amantes que caminham a passos lentos, os rostos voltados um para o outro, perdidos no oblívio do amor, em plena teia e eterna tessitura da multidão, rua do rosto branco, da boca pintada, do olho brilhante e atraente... oh, rua da noite, com teu mistério, terror e alegria... pensamos em ti, rua arrogante.

— E haveremos de nos mover de noite nas silenciosas profundezas de carpetes suntuosos espalhados por todo o esplendor, o calor e a magnífica felicidade de grandes alcovas noturnas iluminadas, repletas do langor e do som brando e monótono dos violinos, e onde as mais desejáveis e adoráveis mulheres do mundo (as queridas filhas dos grandes comerciantes, banqueiros, milionários, ou as jovens viúvas ricas, lindas, amorosas e sozinhas), onde essas mulheres se movem numa lenta e altiva ondulância, um olhar de ternura rasa nos rostos frágeis e adoráveis. E a mais adorável delas — eles gritaram — é nossa, é nossa para sempre, se nós a quisermos! Pois, irmãos, na cidade, na cidade reluzente ao longe, mágica e dourada, haveremos de nos mover entre grandes homens e mulheres gloriosas, e de não experimentar senão intensa alegria e felicidade eternas, vencendo por nossa coragem e nosso talento, e merecendo o mais alto e honrado lugar na vida mais feliz e fortuita que os homens já conheceram, basta que queiramos fazê-la nossa!

Assim pensando, sentindo e esperando, como nós esperamos, no adormecido silêncio da noite em ruas silenciosas, ouvindo, como nós ouvimos, o sopro agudo do apito que adverte, o estrondo das grandes rodas à beira do rio, sentindo, como nós sentimos, o mistério da noite e de abril, a presença enorme e impendente, a selvagem e secreta promessa da terra primitiva, solitária e eterna, e não encontrando, como nós não encontramos, quaisquer portas para entrar, e sendo lacerados, como nós fomos lacerados, pelo espinho da primavera, o grito agudo, mudo, assim, eles não carregaram — estes jovens do passado, Garfield, Arthur, Harrison e Hayes — ainda como nós carregamos, dentro de seus pequenos abrigos de ossos, sangue, tendões, suor e agonia, o insuportável fardo de toda a dor, alegria, esperança e fome voraz que um homem pode suportar, que o mundo pode experimentar?

Não estavam perdidos? Não estavam perdidos, como estávamos todos nós que conhecemos a juventude e a fome nesta terra, que esperamos fracos e enlouquecidos e sozinhos na noite, e que não encontramos nenhum objetivo, nenhum apoio, nenhum abrigo, nenhuma porta?

Os anos correm como água, e um dia é novamente primavera. Haveremos de transpor novamente os portões do Leste, como fizemos certa vez de manhã, e procurar novamente como fizemos então, terras novas, a promessa da guerra, e glória, alegria, triunfo e uma cidade reluzente?

Oh, juventude ainda ferida, vivendo, sentindo com inexprimível pesar, ainda atormentada por uma aflição insuportável, ainda almejando com uma sede insaciável — onde haveremos de procurar? Pois que a violenta tempestade irrompe sobre nós, a fúria violenta se abate sobre nós, a fome violenta alimenta-se de nós — e nós estamos sem casa, sem rumo, insatisfeitos, e assim prosseguimos para sempre; e nossos cérebros estão loucos, nossos corações estão desenfreados e mudos; e nós não conseguimos falar.

CADASTRO
ILUMI//URAS

Para receber informações sobre nossos lançamentos e promoções, envie e-mail para:

cadastro@iluminuras.com.br

Este livro foi composto em Minion pela *Iluminuras* e terminou de ser impresso nas oficinas da *Meta Brasil Gráfica*, em Cotia, SP, em papel off-white 80 gramas.